悟能

马德华 / 著

长江出版传媒 长江文艺出版社

北京长江新世纪文化传媒有限公司

www.cjxinshiji.com

出品

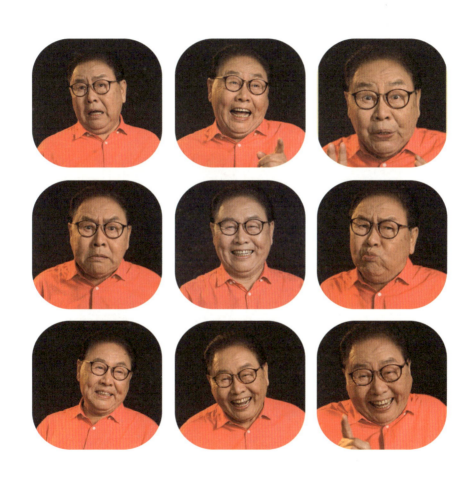

推荐序

猴兄猪弟

几个月前，我的"二师弟"马德华突然神秘兮兮地告诉我：他要出个人传记了。我心想：这个呆子！心里还挺有数儿，自己偷偷闷头写传记，也不透露一声。

当我捧起这部书稿的时候，遥远的记忆又浮现在眼前。

参加《西游记》的拍摄使我与德华之间有了一段西游缘，拍摄前25集的6年里我们一直在一起，这么多年的合作使我们之间非常默契。

德华长我14岁，戏里我们是师兄弟，生活中则似兄弟。我们在一起亲密无间，他天性幽默，喜欢搞怪，我跟他有时候会"没大没小"，但该尊重他的时候，我还是非常尊重的。

我俩以前都是从事昆曲戏曲艺术的，我是南昆，他是北昆，所以在戏里的沟通比较顺畅。除此以外，我跟德华还有一层特殊的关系，是跟其他人之间没有的，那就是难兄难弟的关系。大家都知道，《西游记》的四位主角——师徒四人中，只有孙悟空和猪八戒的装是需要贴脸的。那个滋味很不好受，其他人感受不到，只有我们两个心里最清楚。每次去化装都跟上刑场一样，我们俩总是你推我让，充分发扬"尊老爱幼"的精神。中

猴兄猪弟在演出后台

兄弟二人在《吴承恩与西游记》中再次合作

午的时候，别人都开饭了，只有我们俩因为带装不方便，只能躲得远远的饿着，两个人互相寻开心。现在想想，那时候多亏有个难兄难弟，给自己一些心理安慰——我不是最惨的，你看，他比我也好不到哪儿去！

近些年来，虽然距离《西游记》拍摄越来越久远，但是随着年岁的增长，我俩愈发感受到了当年那份友情的可贵，经常在一起参加活动、录节目、演出。2007 年我俩在阚卫平导演的长篇电视剧《吴承恩与西游记》中再次合作，我饰演吴承恩，德华扮演戏份比较重的武夫姚老大。2016 年11 月 8 日正式开机的电影《财迷》中，我饰演郝鲲鹏，德华饰演朱首富。我们这样做，就是想再次重温当年那种兄弟齐心、众志成城干事业的激情。

现在，德华的首部个人传记出版在即，我由衷地为他感到高兴。这本书凝聚了他一辈子的奋斗经历、人生感悟、心路历程，读来让我非常感动。我也希望每一位读者都能够用心阅读，从中体会到一位 70 多岁的老艺术家的人生智慧！

六小龄童

2018 年 11 月 30 日

自序

我的平凡与幸运

1

全书完稿后，我想了很久怎样写一篇序言，在屋子里转了好多圈也不知道该如何开头，想着不如出去转转，透透气。走在路边，远远听见有歌声传来，歌里唱道："看时光飞逝，我回首从前，曾经是莽撞少年，曾经度日如年。我是如此平凡，却又如此幸运，我要说声：谢谢你！"

2

记得大概 20 年前，曾经就有朋友提议让我出书。这位朋友是国内一家知名出版社的主编，我们有一次见面的时候，他突然提出让我出书的建议，他说："你应该出书了，谈谈你对艺术的追求，谈谈你的艺术生涯，我相信读者会喜欢的。书名就叫'马德华的艺术人生'！"

当时我觉得自己还年轻，需要积累的东西还很多，需要弥补的不足也不少，更需要在"艺术人生"的道路上继续摸爬滚打以获取更多的感悟。我思考了一下，回答道："出书对于现在的我来说，恐怕还只是个梦！"出书的事情我就再没放在心上。结果之后几次碰面，他一再提出出书的建议，非常坚持，但我还是非常抱歉地谢绝了。

3

20年转眼间过去了，如今我已经是七十有三。我好像明白了，不管是得到满分还是有所遗憾，都有各自的美。于是我决定，就将我多年来的故事和感受，真诚地分享给读者们。

回首自己成长的道路，我是那么平凡又幸运！

冥冥之中仿佛有一种力量推动着我。我和其他小孩一样无忧无虑地度过童年，为了强身健体学习了武术，偶然之间爱上了京剧。恰好我的武术功底为学习京剧打下了坚实的基础，又因为我痴迷戏曲从而改变了我一生的轨迹。中间当然也有小挫折大磨难，但还有什么能比热爱更有力量呢？我就凭着这股子热爱，坚持了下来。

也正因为在戏曲舞台上不断地磨炼，后来我有幸加入了《西游记》剧组，成为其中的一员。拍摄途中条件多艰苦、情况多险恶，都没有人说过放弃。我在其中也有苦有乐，还收获了人生的知己。如果你看过《西游记》，因为八戒这个角色而哈哈大笑过，那我的平凡，便因为你们的喜欢也变得伟大起来！

4

　　行文至此，有太多的感恩在心中。感谢教导我的老师，陪伴我的妻子、儿子，鼓励我的挚友知己，支持我的观众朋友。还要感谢长江文艺出版社的金丽红总编辑，若是没有她的邀约，恐怕我不知什么时候才能通过文字的形式和你们相遇。

　　谢谢你能翻开这本书，这本书的意义很简单，就像歌里接下来唱的那样——"让我将生命中最闪亮的那一段与你分享"。

马德华

2018 年 10 月 27 日

目录

第一章
我生之初尚无为

父亲始终坚信着一条真理——天
不亏勤。

父母予我最宝贵的馈赠

自传始初，我要感谢我的父母及家人。

在大家看来，我一生中最光辉灿烂的成就，莫过于塑造了央视版《西游记》中猪八戒的形象，可我所经历的事，却远远不止这些。我时常在想，人一生中的经历与磨砺又何尝不像这十万八千里的取经之路呢？戏谚里有这样一句话，叫作："树打根脚起，水从源处流。"童年时期，家庭对我潜移默化的影响，培养了我坚韧乐观的性格。这种性格，也成了我日后面对"九九八十一难"时取之不尽的财富。

我的老家在山东省德州市武城县，祖上都是面朝黄土背朝天的农民。1940年，日本侵略者在山东大肆猎獗，纵火烧屋，欺杀百姓，惨绝人寰，尽展残暴之相。在我看来，那年山东的大旱实在是上天震怒的惩罚。可是对于靠天吃饭的农民，灾年却是压垮骆驼的最后一根稻草。无法维持生计了，我的父亲只能做出一个艰难的决定——逃！

那时我还没出生，对这一路上的艰险不得而知，父亲也很少愿意回忆那段艰难的岁月，说得最多的一句话，便是：从那以后，没什么值得害怕和抱怨的了。人生在世，大概就是这样吧，各自都有各自要过的坎儿。好在一路上有惊无险，我们举家来到了北平，住在了一个当时叫臭水河（如今的秀水街）的贫民区里。

农民天生有着吃苦耐劳的性格，在经历了生死灾荒的事情后，真的没有什么值得抱怨的了。来到北平之后，好歹找到了一个安家的房子，父母加上姐姐，一家人挤在一间"要风得风，要雨得雨"的小破屋里，终于安定下来了。与生死灾荒相比，苦一点又算得了什么呢？为了能够养活一家人，父亲白天出门做各种零工，没有什么脏活累活没干过的。晚上回到家后，再把母亲早就准备好的烤白薯和窝窝头拿出去卖。朴实的父亲始终坚信着一条真理——天不亏勤。

与中国大多的庄户人一样，父亲不太善于表达，但是却真诚质朴，热心助人，在邻里街坊的嘴里落下了一个好名声。我的母亲也与中国普遍的劳动妇女一样，里里外外操持家务，生生地把困难的家收拾得干干净净，有模有样。时常还得给别人家做一些缝补浆洗的活计，贴补家用。直到后来，上了岁数的父母还常常跟我们一家人回忆那段吃了上顿没下顿的日子。

1945 年 5 月 10 日，母亲生下了我，并给我取名叫德华，取厚德载物、才华横溢之意。生一个男孩对传统观念很重的庄户家庭来说意义重大，常言道："不孝有三，无后为大。"父母的喜悦之情溢于言表。认为我的降生，是在苦难的日子里上苍的馈赠，也是否极泰来的征兆。

说来也巧，我的降生似乎真的给家里带来了不少好运。母亲和街坊常对我说，自从你来到这个家以后，家里所有的事就开始顺了。我们先是靠着父母辛勤攒下来的积蓄，从臭水河搬到了东四牌楼朝阳门内大街，有了一个比较舒适的家。同时父亲也开了一个固定的店铺，相比一个巧言卖嘴的掌柜的，周围的主顾都更相信讲究货真价实、真诚待人的父亲。有道是"人叫人千声不语，货叫人点首自来"，父亲虽不懂得这些生意经，却只凭着一颗良心做买卖，所以大家都很照顾我们的生意，家里的经济状况也有所好转。可是我知道，家里这一切的好转与我的关系并不大，而是父亲始终坚信的那句"天不亏勤"应验的结果。

　　我生之初尚无为，这粒种子还不知自己将要孕育出什么样的能量。

我们家的全家福。我有两个哥哥和一个姐姐，母亲怀中抱着的
小男孩就是我。随着我的降生，我们家的日子慢慢好过起来

严父的望子成龙

中国农民的思想有着天生的矛盾，他们受到封建思想的禁锢，却也体现了传统文化的光辉。正如我的父亲，虽然有一些重男轻女的思想，但对我的姐姐真的疼爱有加，而在对我的爱上，才更体现出一个"疼"字。

父亲有一个教子理念，便是棍棒底下出孝子，孩子不打不成器。加上我小的时候就长在母亲溺爱、姐姐关爱的生活环境下，淘气是在所难免的，所以父亲对我是三天一小打，五天一大打。长大成人后我才体会到，这种打是父亲对我的一种特殊的爱。我至今都忘不了那种滋味，像喝了一口烈酒，辣得灼人肺腑，却有一份醇厚的滋味。

望子成龙是父母对孩子最殷切的期盼，我的父亲也不例外。庄户人家的学问一般都是从说书唱戏的艺人那里得知的。父亲心目中盼望我成为的"龙"，是鼓词里唱的那样："文修武备造就难，丈夫事业几人全？笔修汉史声名振，手把吴钩姓名传。"文修武备，成了父亲培养我的目标。

首先是让我习武。说来习武也有好处，一是学会可以防身，二来可以强健体魄。加上我比较淘气，所以学起来也是铆足了劲儿。父亲为我习武费尽了心思，有道是明师出高徒，练武之人讲究投明师访高友。在这里"明师"的"明"，不是"名气"的"名"。父亲看重的是我能学到真正的本事，所以找了很多有真才实学的武术老师教我。但父亲更深切的愿望是我能有良好的武德，所以每天天还没亮，父亲便喊我起来练功，磨炼我的意志。现在细细想来，正是我幼时磨炼的功夫和意志，成了我以后把握住机会的基石。

我的父亲是斗字不识的文盲，这给他日常做生意带来了诸多的不便，使他深感没有文化的痛苦。而且在山东人的心中，有着"万般皆下品，唯有读书高"的观念。记得在解放初期，父亲只要去夜校上扫盲班，就一定会带着我。并反复叮嘱我，要做一个新时代的文化人。

父亲希望在我身上看到他的期盼和努力的结果，但毕竟淘气是每一个孩子的天性，娇生惯养的我更不例外。

有一年，为了扩建马路，东四正在拆牌楼，要把它运到陶然亭再组装起来。因为是文物古迹，所以拆得特别慢，持续好几日。路过的人们只是看一看便走开了，但这对我的吸引力却格外大。我看着工人们一点点分解牌楼上部，进行打包并标记，然后招呼着扔下去，下边有专人小心翼翼地接着。

前一天看了好久仍没看够，第二天放学之后，我冲回家胡乱扒拉了一口饭，就跟母亲说："妈！我练武术去！"还刻意强调了一句："去刘老师家练去了！"然后头也不回地跑了出去。刘老师是带着我练武术的老师，他是后来北京武术学校的第一任校长，住在东四十二条，我家在东四，中间隔着三四站地。小时候精力旺盛，我都是跑着来回。但那天我没有去老师家里练武术，而是去看拆牌楼了。

我喘着粗气跑到牌楼附近，高兴极了。我一眼看见中间有个沙土堆，就跳到沙土堆上蹲着看起来。当时工人们拆得起劲儿，我看得也起劲儿，时不时还跳起来大喊着帮他们指挥一下。

"你俩一起往左！""哎！哎！小心着点！"

时间匆匆流逝，我却浑然不知。

父亲从外边回来已经很晚，问母亲我去了哪里。母亲回答道："吃完饭去练武术了，今儿这孩子怎么这么长时间？今天很早就去了！"

父亲为着我的安全，说话间推着车子去老师家寻我，到了老师家却得知我今天并没有来，父亲一下子生气起来，连老师进屋坐会儿喝杯水的邀请都没答应，骑着车就回了家。

父亲还未进门，就喊着问母亲："这孩子回来了没有？"

母亲疑惑地说："你不是去找他了吗？怎么问起我来了？"

"他根本就没去练！"父亲彻底生气了。

母亲有些担心："那他上哪儿去了？没准儿去看拆牌楼了，不过也不能看这么半天啊！"

父亲气愤地说："这怂孩子，我还不知道他！"说完，扭头就向外走。

母亲上去拦住父亲："你别去，我看看他去，你别生气。"

父亲坚决地说："你不准去！"

说完话，父亲已经出了门。到了拆牌楼那儿，父亲远远看着路人都是看几眼便匆匆离去，只有我在沙土堆上张牙舞爪地闹腾着。

我当时正在兴头上，突然一只手狠狠地抓住我的耳朵，我回头正要发怒，却看见父亲的脸，登时蔫儿了下来。父亲一句话也没说，用力地攥着我的手就往家的方向走。连拉带拽地到了家，父亲"砰"的一声关上了门，吓得我浑身冒冷汗。父亲随手抡起大绳子，母亲想上来拦着点。

母亲："你不得把他打死？"

等我有了自己的儿子时，母亲也老了。回想当年我像儿子这么
大时，正是淘气的时候，母亲为了袒护我，不知操了多少心

父亲："我告诉你，今天谁管我打谁！"

母亲不敢言语了，扭头悄悄让我姐去叫隔壁的王大爷。姐姐悄悄溜了出去。

我浑身已经抖似筛糠，这次真真切切地感受到了父亲从没有过的愤怒。从前我也挨过父亲的打，但父亲从未如此怒不可遏过。我着急央求道："爸，我以后不去了，我知道我错了。"

父亲显然不满意我的答复："你不是练功去了吗？今天我就先练了你！"说完，绳子应声而落，"啪"的一声打在我屁股上。这一下就像是木头棍子抡上来一样结实。父亲打我从不打屁股以外的地方，我的屁股因为我的淘气，不知受了多少罪。

在父亲还要扬手打下的时候，王大爷进来及时地阻拦下来。可这一下就够我疼个几天的了。王大爷一番劝解，父亲只是叹气："我不是为别的，这孩子说瞎话！"

我哭着说："爸，我再也不说瞎话了！我再也不去了！"

这一次教训足以让我铭记于心，从那以后，我再未说过瞎话。我想这也是家风的一种传递，也让我离"德华"之人，又近了一步。

我心中已种下一个舞台

　　虽然当时家里的日子过得还是紧巴巴的，但那段日子真的是最无忧无虑的时光了。父母姐姐对我的呵护，让我丝毫没有感觉到当时生活的拮据，这大概是家人对我最慈爱的给予了。而人这一生注定是要与什么东西结缘的，开始习武不久，我就发现了一个令我魂牵梦萦的东西——看戏。

　　当时有一位邻居大爷，是一位老工人。因为大爷一直没有孩子，所以便把我当成他们的亲生孩子一样对待。大爷喜欢看戏，也时常带我去看。我完全被这个奇妙的舞台吸引了，光彩华丽的戏服、奇形怪状的脸谱、眼花缭乱的打斗，都深深地震撼着一个孩子的心，为我种下了一个古老中国式的英雄梦。我经常幻想着我是抗金英雄高宠、义薄云天的关羽、刚正不阿的包公，能够扶危救困、除暴安良。每次散戏，我便缠着母亲找出一些预备做鞋子的破布衫，做成戏服、戏帽。温厚的母亲见我喜欢，便给我做了很多戏曲衣服。我穿着这些自制的戏服，每天有样学样地模仿着舞台上那些英雄们的动作，甭提多开心了！

　　那时的我最痴迷裘盛戎先生的戏，他的《群英会》《铡美案》《牧虎关》等戏我都看过，还因为听裘老板的戏而误过课呢！我上的小学在东四五条，每天上学的路上都要经过一个布店，布店的柜台很高，门也是全开着的。那天我背着个布书包去上学，路过布店，听到从屋内的收音机里传来了京胡的声音。我不由自主地停下了脚步，将耳朵凑过去细细一听，竟然传来了裘老板的《探阴山》，"扶大宋锦华夷赤心肝胆"。这一听便入了神，挪不动脚往学校走了，紧接着我下意识地一脚跨进布店，背靠着柜台，抱着书包，蹲在那里，摇头晃脑地跟着锣鼓点入了神，不时手上比画一下，嘴里也跟着哼唱起来，瞬间觉得自己变成了舞台上的包公。过了好长时间，一出戏听完了，就在我还意犹未尽，独自靠着柜台美滋滋地咂摸滋味的时候，布店掌柜的拍着柜台冲我喊道："嘿！爷们儿，散戏了嘿！"

我这才缓过神儿来，背上书包拔腿就往学校跑。结果到了学校，一堂课已经上完了。班主任张老师斥问我上哪儿去了，我支支吾吾半天说不上来。张老师更生气了，让我把我父亲找来。一听要请家长，我瞬间想到父亲平常那张严峻的脸庞，吓得心里咯噔一下，心想真的要来一出"探阴山"了。

心虚之下，我小声嘀咕着，对老师撒谎说："我父亲工作太忙，没有时间。"

这种小把戏怎么能骗得过张老师？张老师立刻让我自己回家。我一想这回可完了，张老师肯定要亲自上我们家去告我的状。无奈之下，我便离开了学校，在回家的必经之路上藏好，等着看看张老师到底会不会去我家。果不其然，过了不多一会儿，张老师的车子就出现在路上。情急之下，我也不知道哪里来的勇气，上前拽住老师自行车的后座，快哭了似的说："老师，我是因为听戏忘了时间才误了上学，我下次一定改，您可千万别告诉我爸爸。"

张老师先是一愣，随即发怒道："你这孩子太不像话了，我告诉你，我必须找你爸谈谈去！"

　　我心里实在是害怕到了极点，什么都顾不上，只知道坚决不能松手，坚决不能让张老师去找我父亲。就在这时，就听远处有人喊："德华，你在干吗呢？"

　　我顺着声音的方向一看，原来是姐姐在喊我，吓得我赶紧松开手，一溜烟地逃走了。现在想来，当时也真是可笑。

　　后来姐姐告诉我说，她和张老师聊了很久。张老师知道我这么痴迷戏曲，反而让我保持这个爱好，当然是在不能影响学业的前提下。姐姐也并没有过多地责怪我，我也不知道姐姐为此事在父母面前为我费了多少口舌。我只记得我没有因为此事挨父亲的打。相反，父亲还跟我语重心长地交谈了一番，说以后这个戏不许再听了，同时也把母亲精心为我做的戏服藏了起来。

　　长大后，父亲向我解释了为什么他那么坚持不让我听戏，不许我再弄和戏曲有关的东西。因为他一直盼望着我能成为一个文化人。在他的眼里，做演员、唱大戏都是不务正业，是下九流的"旁门左道"。艺人在旧社会的地位低下，解放后才被重视，提高了地位。在当时，但凡家里有别的出路都不会让孩子学戏的。我无法埋怨父亲，这和那时的传统社会观念有关，是没办法改变的。当然父亲之后也理解了我，支持了我，但这些都是后话。当时的我是从心里喜欢戏，嘴上答应着父亲，戏还是照听，但我再也不敢旷课了。

　　从那以后，我和父亲玩起了老鹰捉小鸡的游戏。我偷着听戏、哼戏、模仿着戏，几次被父亲撞见，自然少不了皮肉之苦。但是，戏与我的缘分已经结下，不会就此终结。不久以后，我还要为这份缘分与我的严父"斗争"，做一个看似更荒唐的决定。

命中注定戏中缘

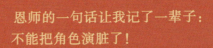

恩师的一句话让我记了一辈子：
不能把角色演脏了！

险成舞蹈演员

　　当人们讲到勤奋时，总爱说个词儿，叫闻鸡起舞。练武术的人更不例外，每天天还没亮，随着一声鸡鸣，父亲便拎着我起床练武了。我虽然不情愿，但也不敢拒绝，只得乖乖地去练武。

　　父亲把我叫醒之后，便到厨房里帮母亲忙活家里早点铺子的营生了。母亲熟练地转动磨豆浆的磨盘，父亲把和面的盆子磕得叮当响，准备好炸油条、油饼的面团。把面团往烧滚的油锅一扔，只听接连几声"嗞啦"的声响，满屋瞬间全是油酥的香气。等炸油饼、油条、豆浆、杏仁茶全预备好了，还不到五点，家里的早点摊子也就准备营业了。

　　我的生活每天基本都是如此，从四点半练到六点半，两个钟头后才能吃上早点，紧接着就要去上学。我练武的地点在家门口的一个宽绰的地方，从打拳、踢腿，再到刀、棍、枪、护手双钩，兵器拳脚一样都不能落下。

　　那个时候很多人都喜欢到我们家来吃早点，一是冲着父亲信奉的"真材实料"这个生意经，另外一点则是喜欢来看我练武。其中的道理有点像天桥撂地艺人惯使的"圆黏儿"（就是用一些特殊手段招揽观众的意思），大家可能觉得这是我们家的一个特点，一边吃着早点，一边还能看我练武术，时不时地还能叫个好。可我只能饿着肚子，看着他们嚼着金黄的油条，就上一口豆浆，心里这个馋劲儿就别提了。

我刚开始练武的时候最恨家里那只鸡，心里想着早晚把你炖了吃肉。可练的时间一长，身体慢慢强健起来后，倒也不觉得怎么苦了。再加上每天都有满座的"观众"给我叫好，从此清晨的练武不再只有不情不愿和满腹委屈了，成了我一天中不可缺少的一部分。

当时的空政文工团在灯市口同福夹道里面，离我家不远。有一位那里的干事，经常穿一件四个兜的军装。那个时候区分战士和干事最明显的特征就是看衣服，战士两个兜，干事四个兜。他每天必来我家吃早点，一个油饼，一碗豆浆。没几天我便记住他了，总叫他"四个兜"叔叔。

他大概是喜欢我这个年轻气盛的孩子，也觉着我是个学舞的好苗子。有一天我练完武术，正吃着早点，他走到我的身旁。

"小子，你愿不愿意当兵参军，也穿上四个兜？"他微笑着问我。

我心里乐极了，那个时候，我看见有的娃娃兵穿上军装，特别英武，打心眼里就羡慕！于是连忙点头说：

"怎么不愿意？"

"我们那儿正在招收一批小学员，你愿不愿意去试试？"

我心里甭提多开心了，要是上戏曲学校，父亲肯定不让我去，但如果我去当兵，父亲一定会同意的！

"太好了！那我跟你去！"

"那就走嘞，跟我上文工团那儿去！"

四个兜叔叔和我父母打了声招呼，便带着我走了。这一路上，我特别兴奋，一直缠着叔叔问东问西的，像是已经穿上那身威武的军装了。

我从五岁开始练武术，儿子是从六岁开始练武术。我小时候练功的照片
已经没有了，依稀可以在儿子的身上看到当年那个天没亮就起床练功的
我的影子

就在这时，路边人家里忽然传来一阵京戏声，我好像被什么东西绊了一下。

"叔叔，我去你们那儿能唱戏吗？"我问道。

"唱戏？我们又不是剧团，我们这是文工团，主要是招舞蹈演员。我看你武术练得不错，动作非常协调，悟性也可以，教你一些动作，你很快就能学会，是个好苗子，来我们这儿学舞蹈应该挺好的。"

我脑子一蒙："您稍等会儿，您那儿是干什么？舞蹈？跳舞？那我就不去了。男的跳舞，多寒碜呐。"

他停下脚步看了我一眼："你就想唱戏？"

我郑重地点点头："对，没有唱戏的，我就不去了。"

"我们这儿没有京戏，学戏曲得到正式的剧团，像北京京剧团、中国京剧院这一类的才行。"

"中国京剧院……中国京剧院……"我小声嘟囔着，从那以后，这个名字便在我心里深深地扎下了根。

险成话剧演员

空政文工团的事情作罢后，我又错过一次机会。

我有个舅舅，参加过抗美援朝，1958 年回国。自打他回来那天起，连着好一段日子，我的家里都是"客满为患"，前来看望他的左邻右舍都说他是个战斗英雄，是"最可爱的人"。

我舅舅在抗美援朝的时候立过战功。他是个铁道兵，搞运输、架桥之类的工作。战争胜利后，介绍他们事迹的剧作和文章有很多，都在歌颂他们创造了生命线。

那个时候的小孩，对解放军有一种无限的崇拜，我也不例外，逢人就说我舅舅是战斗英雄。舅舅也很喜欢我这个小外甥，经常带着我去铁路文工团看演出。有一次，我在文工团里玩的时候，忽然一阵胡琴的声音吸引了我。什么？这个文工团里有唱戏的啊？我在院子里听了好一阵子，心里笃定一个想法：我要来铁路文工团学戏。

晚饭的时候，我试探地问我舅舅："舅，你们那儿的文工团招学员吗？"

"招啊，现在好几个文工团都在招人。"舅舅回答道。

我一听，这事有门，又问道："那你们文工团，也全是唱歌和跳舞的吧？"

"除了唱歌和跳舞还有话剧，可以到那儿去当演员。小子，我看你平常好动，你可以去试试。去文工团可是个好差事。"舅舅和我说。

"我中午在您那儿，听到还有唱京剧的啊。您看看我能不能去学戏啊？"我想着去文工团父亲肯定是支持的，要是还能唱京剧那真是再好不过了。

"早知道你会提京剧。"舅舅看了看我，"京剧团是他们铁道兵里头的一个业余的剧团，都是一些退下来的老战士，他们搞了一个特别的工会，一块弄的一个业余的团。"

我高兴地说："业余的也成！"

舅舅急得一拍桌子："业余的哪成？你这么点儿孩子，每天和老兵们混在一起，太不像话了！"

我吓得一缩肩膀，没敢再说话了。

舅舅瞪了我一眼，说道："德华啊，你听舅舅一句劝，还是上铁路文工团，那儿真挺好的。你想想，咱们铁路的文工团，将来能坐着火车去全国各地，你想到哪儿去演出，就到哪儿演出，多威风啊。"

我一拨楞脑袋："您这儿没京戏，我不去。"

"嘿，你这小子，那话剧呢？"

我撇撇嘴，说："话剧我也不去，站在台上的人没有锣鼓衬着，也没有胡琴，像个傻大个儿往那儿一戳，光在那儿说话，不好！话剧没劲！"

舅舅被我气得不知道说什么好，叹了口气。这样，去铁路文工团的事也只得作罢，再没被提起过。

后来等我真的演了戏之后，总能想起来自己曾经稚气未脱的样子。

如果那个时候能在话剧团里有一番锤炼，实在会对表演有很大的一个提高。但我也不知道是什么使我这么笃定地想考京剧院，这大概就是戏曲舞台的魔力，和孩提时追求自己想要的东西时，那一份初心和童真吧！

我就是要唱戏

我打小就是个不折不扣的戏迷。

戏迷有个特点，叫：拳不离手，曲不离口，一听见胡琴响就走不动道。不管自己是否天生五音不全，不管别人是否喜欢听戏，逢人必讲某某老板的身段、唱腔多么优美，逢大角儿的戏必到戏园子里一饱耳福，即使手头拮据，也要站在门口听上两句"蹭戏"。各种各样的文艺作品里都有反映戏迷的作品，戏曲里还专门有出戏叫《戏迷传》，拿戏迷找乐开涮。

但戏曲真的有一种魔力，最吸引我的，还是舞台中央熠熠生辉的大英雄。仿佛唱起"包龙图打坐在开封府"时，我真的就变成了日审阳、夜断阴的包拯。正是凭着这点喜爱，我从那时就下定了一个决心——我一定要学戏！

有一天，我的师哥——也就是我武术老师的儿子——突然对我说："德华，你知道吗？中国京剧院正在招收学员。要不咱俩试试去？"

太好了！我想都没想，一口便答应下来。可转念一想，我该怎么和我父亲说啊？

　　果不其然，父亲听闻我这个念头立马着急了。父亲本想努力赚钱供我上大学，好让世代农民的家里出一个文化人。解放后，虽然戏曲的地位有了提升，但唱戏仍不算是一件风光的事情，但凡家里有出路，绝不让孩子去学戏。父亲也坚持这样的观点，因此我决定等父亲的心情平静下来再次跟他请求。

　　我是从来不敢与父亲争执的，见到父亲就像避猫的老鼠一样，只能在父亲面前表现得好一些，希望换得他的同意。但无论我怎么请求，父亲始终是反对的，甚至怕我偷偷地报名，把家中的户口本也藏了起来。

　　母亲一向溺爱我，我决定从母亲这方面做工作，其实小孩子的把戏无非是撒娇和装委屈。几番软磨硬泡后，母亲终于经不住我的哀求，也感觉到了我对戏曲的热爱。于是我偷偷和母亲商量后，便拿着自己平时

我在中国京剧院时与师兄弟的合影。前排右边的是我，左边的
就是拉着我去报名的师哥——刘方亭

攒下来的两元钱，"偷"出了家里的户口本，和我的师哥一起去报考了中国京剧院学员班。

当时的中国京剧院在北池子，我们俩手拉手一路小跑到京剧院，到了门口我们吃了一惊，横幅下面挤满了来报名的人。后来得知有 2000 多人报名，学院只准备招收 60 人。

我自恃有些武术的功底，加之平常又爱看戏、哼戏，果然，经过几轮筛选，我和师哥都成了入选的幸运儿（实际当时京剧院本着宁缺毋滥的原则，只招收了 54 人）。我们俩乐疯了，一路笑着、叫着跑回了家，大口地呼吸着清新的空气。我终于如愿以偿了，仿佛自己是天下最最快乐的幸运儿。

像是一棵突破了种子的外壳、冲破了黑暗土壤的小草，我看到蓝天、白云、水滴，感受到风，感受到阳光的温度。这是梦想与热望，还有什么比它们更有力量？

与父亲约法三章

我与父亲的关系很微妙，也最正常不过。

中国的父子很有意思，很少交流，但却无时无刻不流露出相互的爱。父亲的思想观念是老一套——丈夫立世，文成武就。

我显然和他的期望大相径庭，通过了中国京剧院的考试，一阵狂喜过后，我不禁打了一个寒战：我该怎么和父亲交代啊？

回到家中之后，我好像成了一个做错事的孩子，手里拿着录取通知书，先是找到了母亲，喃喃地说道："妈，我被录取了。"

母亲诧异地接过通知书，仔细辨别了那几行字，抬头看了看我："你想想怎么和你父亲说吧。"

我知道母亲做不了父亲的主，一时也不知所措。

我要了个小聪明，把通知书放在了桌子上，等着晚上回来看父亲的反应。果不其然，父亲先是什么都没有说，把我叫到跟前，狠狠地扇了我两巴掌，紧接着是暴风骤雨般的斥骂：

"小王八蛋，长本事了？"

我脸上一阵火辣辣地疼，眼泪止不住地流下来，我也不知道哪里来的勇气，却又不敢顶撞父亲，只是小声嘟囔了一句："爸，我就是想学戏！"

父亲是不理会这些的，面对在他眼中不懂事的我，他唯一的方法就是一个字——打。

我结结实实地挨着父亲的打，但是父亲的训责我却一句都没有听进去，心中只想着我要学戏。这股子犟脾气，也算从父亲身上继承下来的吧。

这一幕把旁边的母亲吓坏了，她急忙上去劝阻父亲。可父亲的脾气上来，母亲是劝不住的，他反质问起母亲："他哪里来的钱报名？他这样你也不管一管？"

母亲也不敢再多说什么了，姐姐见到架势不对，不敢上来劝架，急忙跑到隔壁，把教过我武术的王大爷找了过来。王大爷与我父亲交好，一听说父亲在打我，赶忙跑了过来，进门便把我父亲拦下了："兄弟，有话好好说，打孩子干吗啊？"

父亲还是怒气未消，指着我鼻子说："你自己问问他！"

我当时除了哭什么都不知道了，抽抽搭搭地把事情的原委讲了个大概。王大爷听完之后，对父亲说："兄弟，孩子有自己喜欢的东西是好事，就当是个兴趣爱好培养也是好的啊。"

"兴趣爱好？他要是学了戏，就不知道学习了。另外学戏是个小事吗？总讲究个打戏，就这份打，他能挨下来吗？"

直到我长大成人，稍有些成就时，父亲才对我说出了当年的苦衷。过去老人们一说学戏，叫"八年科班胜蹲十年大狱"，每天挨打是家常便饭，身上不规范刀坯子招呼，嘴里不清楚就用烟袋锅子生往嘴里捅。当时父亲认为我学戏还是老戏班子那一套，谁舍得让自己的儿女受这份罪啊？

好在父亲的态度多少还是有些缓和，对王大爷说："这孩子做事没有长性，仅凭着一点小聪明，今天高兴想唱戏，等累了、烦了，明儿个又去做其他的事了。将来指着这个吃饭，这样怎么能行啊？"

"兄弟，我觉得这个孩子对戏曲有点灵气儿，我带着他出门，只要有唱戏的，他就走不动道。他既然喜欢这个，就一定能够下心思学！"说完，王大爷冲我使了个眼色。

我止住哭声说："爸，我一定把戏学好！"

父亲叹了口气，对我说："我可跟你说好了，过去学戏是要签生死文书的，以后你要说你受不了这个苦，回来说不想干了，这个家可不容你。再想上学去，我可不给你花那个学费。今天当着你王大爷的面儿，咱们也来个约法三章。

第一，不管戏班里再苦再难，不许打退堂鼓，要想干这个，就得干到底，咬着牙也得挺过去。

第二，去了学校学戏，尊师重道，要是让我知道你在学校里做了什么丢人的事，我可不容你。

第三，既然学戏就好好地学，以后混不出名堂来，家里不供你。"

我一听，甭说约法三章啊，就是三十章、三百章我也签！

父亲见我这么坚持，最终还是拗不过我，把录取通知书还给了我。当时我就认定了一个信念——再苦再难，也要把这条路走下去！

就这样，我拿着这张来之不易的录取通知书，上面饱含着父亲的隐情、母亲的慈爱和我的那份坚持，走进了京剧世界的这扇大门。

苦练基本功

自从进入中国京剧院后，我的艺术生涯才开始走上正途。

其实细想一下，如果当时我真的跟着"四个兜"叔叔，或者跟着我舅舅去了文工团，学了跳舞、话剧，现在也许又是另一种活法。不过，无论我做什么，也应该离不开戏曲。能把自己的爱好作为职业，算是我最大的幸运吧！

演戏这个行业确实是苦，讲究练二五更的功夫，个中滋味只有同行的人才能体会到。我来到京剧院后，每天早晨五点钟起床练功，这个我倒是不怕，每天起床之后，迅速地洗漱完毕，就开始排队练功，有点军事化管理的意思。洗漱完之后不许吃东西，戏谚说得好，叫作："饱吹饿唱"，师兄弟们一起排队从北池子走到中山公园开始喊嗓子。

戏曲里的喊嗓儿是必修的功课，以前戏台子上没有麦克风，演员必须用一条肉嗓子，保证不管多远的观众都能清清楚楚地听到自己说的话。所以必须通过喊嗓儿练出一条功夫嗓来。

喊嗓儿先是练横竖嗓音，就是"咿""啊"两个字。"咿"是竖音，往上拔着喊，长调门；"啊"是横音，气沉到丹田，从喉咙里直接发声，为了打远儿。还要喊"呔""哇呀呀""叭"，训练喷口、舌根、唇齿音。等把嗓子差不多喊开之后，再去练习"叫板"，比如武生的"马来"、老旦的"苦啊"、老生的"走啊"、小花脸的"啊哈"。练完"叫板"，最后练习"打引子""念白"，体会人物的情感状态。但绝对不会练唱，以防没有胡琴跟着，掉板跑调。

古语云"贵有恒，何必三更眠五更起；最无益，莫过一日曝十日寒"，做事情贵在持之以恒。戏曲里的练功最是如此，讲究冬练三九，夏练三伏，即便是再恶劣的天气也不可以间断。戏谚常讲："一天不练功，自己知道；两天不练功，同行知道；三天不练功，观众知道。""三年胳膊五年腿，十年练好一张嘴。"除去早晨的喊嗓子，回到京剧院用很短的时间吃过早饭，上午紧接着就是基本功，等饭食消化完后，再练毯子功、把子功、身段课、唱腔课，下午学习文化课，晚上还有晚自习，到了十点准时睡觉。几年如一日，从来没有中断过。

刚开始练功的时候是最令人头疼的。唱戏对腰功、腿功的要求非常高，需要扳腿、压腿、撕腿、杠腰。所以这行十分看重幼功，因为年龄小时骨骼尚软，等到大时，胳膊腿硬了，再练就不容易了。当时我们的平均年龄都在十四五岁，有大一些的孩子，硬生生地撕腿，其痛苦可想而知。所以每到练功时，偶有从京剧院路过的人听到功房里鬼哭狼嚎的，都以为宰孩子呢。

好在我自恃幼功在身，拿顶、撕腿、下腰什么的我倒是不怕，只是我们在京剧院不管有什么小病小灾，老师们全都是靠练功给我们"治病"。

有一回我早晨起来肚子疼得厉害，汗珠像黄豆似的，唰唰地往下直滚，实在是练不了功了，就去找老师请假。谁知老师看了看我，用手把我头上的汗珠擦干净，说了一句："嗯，我知道了，拿大顶去吧。"

我一听，心里那股委屈劲就上来了，对老师说："老师，我不是装的，还得练功啊？"

"宝贝儿，少跟我这瞎对付，赶紧练功去！"

没有办法，我只得按照老师说的做，找了个墙根，一个倒立把双腿搭在墙上。老师还拿着竹棍，戳着我的腰眼说："挑腰、立腰、抬头，别懈怠。"

我实在憋不住了，心里的委屈全都爆发出来，鼻子一酸，眼泪和着汗珠滴滴答答地往下直掉，心里甭提多恨这个老师了。老师还是看着我们练功，其他的同学踢腿、溜虎跳、砸毽子。等过了半个多小时，老师用竹棍一指我："马德华，下来翻几个小翻。"

我不情愿地走过去，老师用手抄住我的后腰，我双手一按地，紧跟着几个后手翻，翻完之后，老师一扶我腰："活动活动，看看肚子还疼吗？"

我来回抻了抻腰，肚子还真不疼了。

老师瞅了我一眼："宝贝儿，还肚子疼？身上零件长得倒是挺全的！"

当然，练功的时候还是应当以人为本，这种体罚和不负责任的做法现在看来是不可取的。但是，当时老师都是本着严师出高徒、不打不成器的老教条要求我们，实际上也是为了我们有出息，未来成角儿！

严师虽严，但是从心里还是爱护、呵护着我们的。直至现在，我已七十多岁了，身体有不舒服的时候，还总爱贴着墙根拿几把大顶，以缓疲劳。皆因老师当年那句："拿顶，专治肚子疼。"

慈母隐泪

我在中国京剧院学戏时，只有每周六晚上才能回家，等到周日下午又得回到京剧院。所以，这一天与家人团聚的时间非常珍贵。

我每次回家，都要把换下来的脏衣服带回去给母亲洗。倒不是因为我懒，实在是学戏太辛苦了。老师给我们看功的时候常说："你们赶上好时候了，当初我们学戏，晚上连炕都上不去。"

此话不假，我们每天高强度的训练，到了晚上浑身肌肉酸痛，像是给骨头缝里打了一针浓醋一样。下铺的同学回去倒头便睡，上铺的同学蹬梯上床都费劲，有时候干脆直接扯下褥子，在地上打一宿地铺。在这样的情况下，谁还有多余的劲儿去洗衣服啊。

除了洗衣服，每周六我还有一件少不了的功课就是洗澡。母亲知道我学戏苦，每次我一到家，就烧上一盆子热水，好让我洗个澡解解乏。有一回我刚把衣服脱了，准备进盆，母亲便面色沉重地盯着我的腿上看，说道："德华，你是不是跟人打架了？你腿上是怎么回事？"

我低头看了看自己的腿，发现膝盖周围全都是小紫点，赶紧解释道："妈，我没打架，没事，不碍事的。"

"不对，这一准是人掐的，你老实说，到底怎么回事？"母亲严厉地问道。

我见实在瞒不过了，便和母亲说了实情。

原来，过去总是讲究打戏，新中国成立之后，剧院里不许再打孩子了，但是相应的教学方法还是要有的。比如在翻小翻的时候，正确的姿势是两条腿必须要直，就好像大车轮一样，翻得飞快才规范、见功夫。但是刚开始学时，双腿会不由自主地"挂龙"，所谓"挂龙"就是双腿打钩弯曲，这样一来很容易站不稳，速度也减慢了。

老师为了改正我们这个毛病，就想出一个主意，在你翻跟头的时候拿一个竹棍，当你的俩腿一打钩，竹棍就上来敲敲你的腿，跟你强调一遍别挂龙。可翻跟头是下意识的动作，注意力根本没法集中在腿上，一连三次挂龙，就不用竹棍了，稍不注意，就用指甲盖掐在腿上，就这么一下子，跟火蝎子蜇了一样，钻心似的疼。再看这两条腿，跟条件反射一样，登时就直了。等再翻的时候，知道自己哪个地方疼，就知道注意了，到下回保证不带出错的，特别管事。而且这招是只伤皮肉，不伤筋骨，就疼当时一下，过后就好了，对身体也没害处。

我把来龙去脉给我母亲解释完了，就见母亲的眼泪在眼眶里打转，嘴里跟我嘀咕："当时你爸不让你学戏，你偏不听，这回知道苦了吧？"

苦是真的苦，但我仿佛真的是乐在其中，满脑子想的都是什么时候才能成角儿，才能站在梦想中的舞台上演戏。所以我坚定地和母亲说："妈，我不怕苦。"

母亲用手背抹了抹眼泪，抱着我换下来的衣服，转身出了门。

多年以后，姐姐和我说，当年母亲最怕每周看我洗澡时遍布腿上的小紫点，所谓"打在儿身，痛在母心"。我不在家的时候，母亲还偷偷地掉了好几回眼泪。现在回想起母亲，更加体会到慈母那份深沉而又伟大的爱。

心中打起退堂鼓

学戏的日子很苦，但是我也很享受，心中总是有一股子劲儿使我坚持着。一是戏曲这方舞台太有魅力了，它像是一个奇妙的魔术袋子，时时刻刻都有新鲜的东西吸引着我，不知道下一秒又会有什么惊喜；二是我儿时的英雄情结。但是随着对戏曲的深入学习，这种情结从包公、关公、高宠这些戏中的英雄转移到"角儿"的身上了。舞台上精湛的表演，细致入微的刻画，"嘣噔仓"一亮相的碰头好，太光鲜亮丽了。我想着我什么时候才能成角儿，什么时候才能穿上蟒袍、扎上大靠，站在舞台中央去演绎我儿时崇拜的英雄啊！

记得电影《霸王别姬》里有这样一个情节：有个学戏的小孩叫小赖子，因为受不了戏班的责打，偷偷跑出戏班，进戏院看了一场《霸王别姬》，当楚霸王项羽出场一亮相的时候，戏园子里像炸开了锅，众人为之倾倒、喝彩，简直要把戏园子掀了顶。小赖子激动得眼泪都快下来了，说了句："这得挨多少打啊！"这段情节很真实，只不过我与小赖子不同的地方在于当时我们已经不兴体罚了。"角儿"的光芒一直激励着我，即使再苦再难，我咬着牙也要坚持下来。

可是有那么一次，我是真的打起了退堂鼓，不想学戏了。

事情的起因是中国京剧院要和北方昆曲剧院合并。因为北方昆曲剧院是 1958 年刚刚正式建院的，虽然有韩世昌、侯永奎、白云生等大师坐镇，但是青年一代演员相对比较缺乏，所以京剧院决定把一批青年学员调到北昆学习昆曲，其中就包括我。我当时得知这个消息后，心里像揣了一块沉甸甸的石头。那时候的我可是一心只想着演京剧啊！我实在是太迷京剧了，对昆曲是一窍不通。在我心里，进了京剧院就像是走进了天堂一样美好的地方，现在却突然一下把我打到了一个我极不愿去的地方。而且，我崇拜的英雄偶像都是京剧里的角儿啊！对于昆曲里水磨婉转的曲调，我觉得还是不如一段西皮流水来得痛快。这种失落的感觉，除了我，怕是没人能够体会。所以，我坚决不同意把我调到北昆。

那个时候我真是沮丧到了极点，也没了当初学戏时的那股子心劲儿了。借着周末，我回到了家里，父亲要忙活店里的生意，没在家，只有母亲坐在床上给我姐姐缝补衣服。我凑到母亲身边，说："妈，我不想学戏了。"

母亲愣了一下，放下手中的衣服，盯着我说："是不是学校的老师、师兄弟打你了？"

我急忙摆手说不是，便将京剧院要把我调去学昆曲这件事一五一十地跟母亲说了一遍。

母亲瞅了瞅我，叹了口气："德华，你不是跟你爸爸约法三章，要干这个，就一定要干到底吗？再说了，即便你回来，再上几年级啊？行了，反正都是唱戏，就别瞎琢磨了。"

我没想到母亲会说出这样一句话，一时语塞，不知道该怎么办才好，支支吾吾地半天说不出话来。母亲也不看我，接着给姐姐的衣服缝了几针，对我说："把衣服脱下来，我给你洗洗吧。"

那天晚上，我们一大家子坐在一起吃饭。父亲看到我回来十分高兴，叫母亲多添了几道菜。哥哥、姐姐对我也是嘘寒问暖，非常关心。我就像一个做错事的孩子一样，行为极其不自然。母亲还是照样忙里忙外的，没有多说什么，直到后来也没有把这件事告诉父亲。这也算是我和母亲的一个共同的秘密吧！

回到学校，我就去找老师，想继续留在京剧院。老师跟我说，这次被调走的同学都是北方昆曲剧院选的，只有好样儿的才能过去呢。而且这次是一个难得的好机会，京剧界的好角儿，像梅兰芳、杨小楼、谭鑫培等等，都是昆曲戏开的蒙。这样才能做到"六场通透，文武昆乱不挡"，你要是昆曲都能拿得下来，以后就没有能难住你的戏。像武生戏里的《石秀探庄》《挑滑车》《林冲夜奔》，不也得有昆曲的底子吗？

听老师这样一说，我心里才得到了些宽慰。我的梦想不也是要成角儿吗？既然角儿们都学过昆曲，我也不能落下这门功课！此外，我的师兄弟们也全都劝我说："反正都是一个党委，吃住练功都在一起。空闲的时候吊吊嗓子，以后还能回京剧院。"有了这些鼓励，我的心里才又找回了那股劲儿。（后来还真有一段时间，每逢周日，我就去京剧院和师兄弟们聚在一起练功、谈戏、侃大山。）

我原先因为没有接触过昆曲，所以才对它有排斥的心理，可等我真的来到了昆曲剧院，通过不断地学习和了解，我才深深地被这门艺术折服。昆曲实在太高深了，在舞台上讲究无声不歌，无动不舞，一招一式都十分讲究。我在这里学的第一出戏是《双下山》，就是我们常讲的"男怕《夜奔》，女怕《思凡》"中的《思凡》。后来这出戏还给两院的党委汇报演出过，反响特别好。我在这出戏里也出了不少彩，给党委留下了深刻的印象。这出戏甚至还改变了我的很多想法和人生轨迹，这些都是后话。最重要的是，通过这次演出，使我更有信心把昆曲学好了。

我被逼上了"梁山"

我在前面多次提到我的英雄情结，试问哪个刚演戏的孩子不想站在舞台中央演自己心中的大英雄呢？可是，英雄毕竟是凤毛麟角，这个世界上还是平凡的小人物居多，如果能够把这些小人物演好，不是更加贴近生活，更有意义吗？真正让我想明白这点的，是北方昆曲院决定排练《逼上梁山》，这出戏也着实是把我自己逼上了"梁山"。

我到了北昆之后，最心仪的行当是武生。但由于我从小调皮，喜欢逗趣，老师一看我这个滑稽劲儿，觉得我更适合唱小花脸，也就是"生旦净丑"中的丑角儿。我当然不高兴啊，心里总是憋了一口气，心想我凭什么不能当主角？所以，练功的时候，圆场、走边、趟马、起霸，我全都是按照武生的路子去练。我就是想证明自己，我也能成为一个大英雄。

因为北昆当时的青年演员比较少，所以为了培养新人，剧院决定多排几出新戏。我参与的第一出大戏，便是《逼上梁山》。

《逼上梁山》这出戏是在延安平剧改革运动中形成的，具有很强的政治品格，昆曲剧院就是按照这个原本改成昆曲的。主角林冲是著名昆曲艺术家、尚派（尚和玉）的传人侯永奎先生。导演是中国第一代戏曲导演，也是当时大咖级的人物——李紫贵老师。由于我在《双下山》中的出色表演，当时党委破格决定让我演高衙内的一个狗腿子——福安。虽然戏份不是很重，但有几场很讨巧的戏，是调节全剧气氛的一个人物。

那个时候我 16 岁，正是心气儿高的时候，得知这个消息后并不太高兴，甚至还有一些抵触情绪——凭什么我只能演一个狗腿子？哪怕是让我演李小二也好啊！我堵着一口气，排练也不是很积极。

教我昆丑的一个先生看出我心里不大乐意，有一天突然把我叫到跟前，对我说："马德华，你觉得我是个坏人吗？"

我一听可吓坏了，不敢说话，只是把脑袋摇得像拨浪鼓一样。这位先生虽然平常教戏时对我们严厉，但是功外对我们特别照顾。

先生接着说："戏里面的人物，我演得丑吗？"

我不明白先生是什么意思，细细回想了一下先生在舞台上的演出，其实每一个人物都非常诙谐可爱。我还是不敢多说话，只说了两个字：不丑。

先生看了看我，对我说："德华，这戏台和世界一样，没那么多英雄好汉，要都是英雄好汉，那咱都别过安生日子了。咱虽然是演丑的，可咱这个丑可不是'丑陋'的意思，是诙谐可爱。唐明皇李隆基，咱们皇上祖师爷就是演丑的。旧社会戏班子后台，咱要不勾脸，没有一个人敢动笔的。那大衣箱二衣箱，除了咱没人敢坐。梨园行里有一句话叫"天下无丑不成戏"，你说咱这个角色重不重要？"

我听完这一番话，心里真是开辟了一片新天地：原来丑角这么重要啊！我频频地点头，听着先生的教诲。

　　"我和你说这些可不是让你搞旧戏班那一套，过去马连良、梅博士、李万春这些艺术家腕儿大不大？虽然被别人当成下九流，可临了妨碍着人家成角儿了吗？甭管你演什么，首先你得自己瞧得起你自己，对得起你演的人物，不能把他演脏喽！"

　　先生的这一番话我至今都无法忘怀。从那往后，我像变了一个人似的，认真排练，琢磨福安这个人物，想着怎么样才能把这个小人物演出好来。功夫不亏人，在正式演出的时候，我虽然戏份不多，但是每个包袱都抖响了。看着台下的观众为我演的角色哄堂大笑，我真正体会到"只有小演员，没有小角色"这句话。导演李紫贵老师还点名表扬了我，说这孩子的感觉太好了，将来一定有出息。

　　从此，我便走上了学习昆丑的这条路。我相信在舞台上，不管角色大小，只要用心去体验，和所演的角色交朋友，就一定能拿下"好"来。

丑角不丑

"文革"是新中国的一场浩劫。但凡是从那个年代走过来的人，大抵有两种：一种人愤世嫉俗，浑身充满戾气，正如一坛酒的保存方法不当，会成为一坛子醋；另一种人已经学会苦中作乐。我总想起父亲常说的那句话——自那以后，没有什么值得害怕和抱怨的了。

我更像是后者，在学习昆丑和接受了小人物后，我对待事物的态度已经开始平和了起来。这是一个奇妙的转变——这个世界上需要英雄和救世主，但是相对于悲壮的英雄情结，我更趋向于把平凡的生活过得有滋有味。我不感谢那个年代，但是纵观我的人生，我感谢它给了我咸涩的滋味。

"文革"开始后，北方昆曲剧院就解散了，停止了一切演出。我又回到了京剧团。有了在北昆打下的昆曲的底子，加上我学戏态度上的改变，我便开始自觉地琢磨、研究小人物。我当时的想法是：袁世海、周和桐、马长礼这些先生的角儿够大吧？不也演反派吗？照样不耽误人家成为艺术家啊！能把鸠山的凶狠残暴、胡传魁的江湖草莽、刁德一的阴险狡诈演得那么生动形象、深入人心，这不就是艺术的魅力所在吗？

　　而且样板戏对我的一个很大的提高是，它打破了行当的界限，塑造每一个角色都是从人物出发。例如按照传统戏的路子，刁德一一定就是小花脸，而样板戏却用老生这个行当。这样唱人物、演人物，为我以后拍电视剧积累了不少经验。

　　所以，我便踏踏实实地演戏，认真塑造每一个角色。我演了不少样板戏中的反派角色，比如《海港》里的钱守围、《审椅子》里的王老虎、《沙家浜》里的刁德一等。有了这些磨炼和舞台经验的积累，我才更深刻地体会到先生说的那句话——丑角不丑。

戏曲与影视的区别

寒冬再长，春天总会到的，冰冷的东西开始融化，万物开始复苏，一切都是朝气蓬勃的景象。那个时候好像有使不完的劲儿，说不完的话，想要一股脑地倒出来。我们开始演样板戏以外的戏了，我一下子仿佛走进一个全新的世界里，眼界的开阔使我不由自主地汲取外界的营养。我拍摄了我的第一部戏曲电影《血溅美人图》，在里面出演吴三桂这个人物。

《血溅美人图》的导演是沙丹先生。我当时还从未涉足影视，所有的表演还都局限在戏曲舞台上的经验。舞台上的演出是夸张的艺术，不信各位看戏曲中的花脸，实则是把人物的特点放大，给观众以更强的冲击力。但是放到荧屏上又是另外一码事了，影视有单独的一套镜头语言，它可以随意切换角度，达到放大人物情感的效果。我因此闹了不少的笑话，其中印象最深的是"三报"这一场戏。

"三报"是李自成大兵压境，吴三桂派人护送陈圆圆入山海关，自己稳坐在中军大帐听探马蓝旗官来禀报刺探来的消息。头一报是"陈圆圆已经启程入关"，第二报是"陈圆圆被山贼掳走"，第三报是"陈圆圆被李自成抢走"，这才促使吴三桂冲冠一怒为红颜。

当我听到第一报的时候，人物内心是喜悦和兴奋的，脸上的表情应当是高兴，我按照舞台上的经验把戏做足了。不料这个时候导演喊了声"咔"。我脑子一蒙，我这点没毛病啊？我就问导演："导演，我这点戏怎么了？"导演就说了一句话："收着点。"

我不明所以，我这点戏多好啊，为什么要收着？等到听到第二报"陈圆圆被山贼掳走"时，我把眉头紧锁，眼睛瞪大，脸部的肌肉全都绷紧起来，鼓足丹田气喊了一声："啊，再探再报！"

导演这次有点火了："马德华，你这是第几报？"

我说："第二报啊。"

导演说："那你第三报怎么办？"

我听导演这么一说，彻底不会演了。这要是在剧场里演，"三报"下来是要起尖的（观众是要喊好的）。我说："导演，我怎么囤的我怎么卖，当初学戏的时候先生就是这么教的，我不知道毛病在哪儿啊！"

导演跟我说："舞台上的表演和影视里面的不一样。在剧场里，那么多观众看你一个人在舞台上表演，你夸张一些恰到好处。但这是电影，这场戏是要用推镜头给你一个面部特写的，本来推镜头就会增加人物的情感，再来一个面部特写，整个荧屏上就你的一张脸，你的表情又这么狰狞，还不把观众吓着？这戏就没法看了，你自己好好琢磨琢磨。"

"哦！"我一拍脑门，恍然大悟，好像找到些诀窍，当时就说："导演，咱再来一遍。"

这回我一边演戏，一边看着镜头。等镜头向我推过来的时候，我就把所有的劲头、分寸全都收着使。等镜头拉远了，我再适当地把戏做足。

这"三报"全部拍完了，导演一喊"咔"，冲我嚷了一句："嘿，马德华，你小子还真灵！"

俗话说："一处不到一处迷，十处不到九不知。"正是这次闹的笑话，让我知道了戏曲以外的表演方法和技巧，为我接下来的人生转折点——电视剧《西游记》的拍摄，也积累了宝贵的经验。

不能把角色演脏了

很多事说来也巧，1982 年的时候，北昆决定排《孙悟空大闹芭蕉洞》，组织上决定让我演猪八戒。虽然猪八戒是一个很讨巧的人物，但我不想把他演成只会出丑、搞笑、无厘头的人物。我观摩了很多前辈老先生的演出资料，做足了功课。

此外，我的恩师郝鸣超先生还给我讲了几则梨园行的逸事。

在旧社会演戏，很多演员为了博观众一笑，或者为了演出时效果火爆，故意在台上出一些洋相，耍一些滑稽，其实根本不符合人物的身份。但真正的前辈艺术家们绝不会脱离开人物去演戏。京剧界有一个前辈叫杨小楼，是公认的武生泰斗，他演戏的时候从来不追求戏外的好，但是观众看完戏之后，走在回家的路上，细细一咂摸滋味，这角儿真好！这个好才是值钱的好。

第二则逸事，京剧谭派的创立者谭鑫培谭老板，有一天和朋友去看当时梨园界很红的演员演的《洪洋洞》。这出戏讲的是杨六郎身染重病，又得知二位兄弟孟良、焦赞为盗老令公的尸骸而命丧北国番邦，气绝身亡的故事，所以又叫《三星归位》。这位演员饰演杨六郎，他临上场时得知谭鑫培来看戏，便铆足了劲地唱。其间谭鑫培一语不发，到戏的最后和朋友说了一句：咱看他怎么死。

另外还有一则逸事。武生名家厉慧良先生在京剧《长坂坡》中饰演主角赵云，其中"抓帔"一折真的是演神了。当糜夫人要投井时，厉慧良饰演的赵云向前要抓住糜夫人，却把糜夫人的帔抓了下来，匆忙中往空中一抛，接着走返绷子，等帔从空中落下时，在锣声一击中接在手中，亮相，台下准是满堂彩！

在《长坂坡》这出戏里，刘备本是二路老生，用现在话说就是配角。一般演出时，主演为了凸显自己，经常是赵云上场，卖弄一番本领后，四击头亮相。可厉慧良饰演赵云时，却先让刘备四击头亮相，自己则是简单地亮相。

有人问厉慧良："您的赵云出场怎么给刘备这么多戏？"

厉慧良说："首先，刘备是主公，赵云不能盖过刘备。其次，赵云也不是一个爱出风头的人。我演的是人物，不是角儿！"

所以，先生的一句话我记得特别深刻——戏里的人物不能演脏喽。人物要有性格、有血肉，要能够给观众咀嚼和回味，才能得到观众真正的叫好。

看戏是我最大的乐趣

我要感谢那段尚无为的岁月，就像苏东坡所说的一样：博观约取，厚积薄发。虽然我从事戏曲工作这条路似有不顺，有两三次不遂人愿，但现在看来，这些无疑都是上天最好的安排。

我爱戏，是从骨子里热爱。举个例子，我初到北京京剧院时，功房里的锣鼓声震人耳膜，我却能在文武场边上睡着了，仿佛这是世间最美妙动听的音乐，把我受过的委屈、吃过的苦全都消融了。

那个时候我们的剧团在宣武门，长安大剧院在西单。所有进京的各个剧种都要到长安大剧院演出，我怎么能错过这么好的机会？每天都约上三五个师兄弟去看戏。有一次是浙江宁波的甬剧《半把剪刀》来京演出，我叫了几个同学一起去，他们一听是甬剧，便说："甬剧你听得懂吗？"

我说："听不懂咱们坐在那儿看看热闹呗。"

到了剧场，因为有语言上的障碍，这戏是真的听不懂。我这人就有这么点长处——适应性强，能压着自己看，而且还看了好几遍，慢慢还真能品出来一些滋味，看出来人家的好了。

还有高甲戏，只有高甲戏是以小花脸为主角。《连升三级》中的张好古、《僧尼会》中的小和尚，有很多小花脸的技巧和京剧是截然不同的，但是我都能接受。

后来去农村进行社会主义农村教育的时候，我就能够演湖南的花鼓戏、山东的莱芜梆子、江西的采茶戏，观众特别欢迎。甚至我总在长安大剧院听侯宝林先生等一些大师的相声，也能化在自己的身上，后来联欢会的时候还和程之老师、韩善续老师一起表演过相声节目。

后来，我在饰演猪八戒的时候，还能想起来某些动作是得益于我看的哪出戏。那时我才真正明白，演员就应该像海绵一样，不断地从外界汲取养分，这些艺术上的直观感受是潜移默化的。苏东坡说过："博观而约取，厚积而薄发。"此话当真不假，细细想来我也是从这博观和厚积中成长的。

第二章

取经之路多坎坷

我们一次又一次地遇险，谁也不知道下一次还能不能侥幸逃脱，唯有奋勇向前。正应了杨洁导演那句话：这就是佛祖保佑啊！

三道试题，我成了剧组的女婿

　　我觉得世上有好多事都是注定的，就像我的降生仿佛给家里人带来
了好运一样，自从演了猪八戒后，这个福星给我的人生也带来了转机。
一个同事看过我演的《孙悟空大闹芭蕉洞》后，告诉了我一个消息：

　　"德华，电视剧《西游记》剧组正在招演员，你应该去试试。"

　　我得知后很兴奋，可随后一想，电视台里也没有认识的人，报名材
料应该交到哪儿也不知道，咱是"瞎子走夜路——两眼一抹黑"。我这
个同事说："没事儿，我的一个朋友就是导演的助理，你找他准能报上名。"

　　那个年代不兴走后门，即使找了导演助理，也得通过正规的报名流
程才能进行面试。我把材料都报上去之后，等了几天，剧组那边给我打
来电话，告诉我明天准备面试。

　　我激动得一晚上都没怎么睡好。到了第二天，我来到面试地点，推
开面试房间的门，屋里是一间老式的功房，靠镜子不远的地方摆着一排
桌椅，在正当中坐着一位五十多岁的女同志，精瘦干练，一双眼睛特别
有神，盯得我有些发怵。后来通过交谈才得知，这个人就是《西游记》
的总导演——杨洁。

杨洁导演是我很敬重钦佩的导演，人这一生中难得能遇上一位贵人扶持，杨洁导演就是我的伯乐，我和她的许多故事后面还会讲到。

杨导一上来先是盯着我看，从我的整体形象上做一个考量，然后问我："你最想演哪个角色？"

我不假思索地回答道："我就是冲着演猪八戒来的。"

杨导抿嘴笑了一下，说了一句对我不亚于晴天霹雳的话："现在已经有三个备选演员演猪八戒了，反正你是第四个，到时候如果演不上猪八戒，演个别的角色你乐不乐意？"

我的心顿时凉了半截，想：完了，就是按照先来后到也轮不上我啊！可转念一想，就是演不上猪八戒，演个别的角色对我也是一个锻炼的机会，我就把我的想法如实地跟杨导说了。

导演特别爽快地说：好，那你给我们做个小品吧！我一听心里便一阵暗喜，因为"文革"期间我和话剧团的演员学过演戏剧小品，算是有些底子。

这个小品可不是我们现在认为的搞笑类的小品，准确来讲是一个小型戏剧，要求时间、地点、情节集中，是话剧演员的一种训练方法。和戏曲演员练功是有区别的，我们平常练功，就是拉一出戏，比如小花脸的下山、小上坟什么的，所以这个试题对我来讲也算是一个挑战。

我问杨导："是我一个人演，还是和别人一起演？"

导演说："你和一个中戏毕业的孩子一块演吧，你演的这个人物和猪八戒要像，但不能是猪八戒。他演的这个人物要像沙僧，但不能是沙僧。不能有台词，演个哑剧。你俩琢磨琢磨吧。"

我听完导演的要求，脑子转得飞快，琢磨在戏曲舞台上猪八戒演什么观众最爱看。想来想去，就是笨拙的猪八戒和妖精开打的时候。对！

就这么排。

我随即给自己设计了一个人物身份，那个年代刚刚改革开放，很多商人去广州做买卖。我就演一个倒腾皮货的皮货商，挣了不少钱，放在皮箱里，高高兴兴地准备回家过年。这个情节就像是猪八戒借来了芭蕉扇，能演出来那股子高兴劲儿。我又和中戏的那个孩子商量：你演一个劫道的，先是趁我睡着了偷我的钱，被我发现后起了杀心，咱俩一来二去打起来，不按照戏曲舞台上程式的动作打，什么小快枪啊、幺二三搭叉啊，一概不要。就按电影《少林寺》那么打，我给你排武术动作。

我简单地给他排了排就开始演了。我先是拎着皮箱走进山里，有一条小河拦住了我的去路，我捡起一块石头，投石问路，试试水的深浅，卷起裤脚蹚过河去。过了河之后我有些乏了，于是找了个僻静的地方，吃了些东西，准备睡一会儿。我这刚躺下，突然想起来我的钱放在哪儿啊？抱着睡？不成。挂树上？也不成啊。有了，我就枕着它睡。我刚一睡着，劫匪上来看到我这皮箱了，起了歹意，就要偷我的钱。一拽没拽动，倒是把我拽醒了。我起来之后就按照排练的武术套路和他打了一通，最后打来打去，我飞起一脚把他踹跑了，我追他下场，把皮包落在了台上。

就是这么一个简单的小品，里面我用到了小时候学的武术，进剧团学的戏曲，跟话剧演员学的话剧，还有我认真琢磨过的猪八戒人物形象，可谓使上了浑身的解数。

杨导看完之后，还算满意，冲我点了点头。我心里这块石头才算稍稍地放下一点。随后导演对我说："你这初试算是过了，我听说你最近正在演昆曲的《孙悟空大闹芭蕉洞》，你给我们来一段吧。"

刀怕对了鞘，这不是正中下怀吗？我立马答应下来，卷起袖子就要

杨洁导演在给我和金莱说戏。对于我们来说，
杨洁导演既是伯乐，也是恩师

演。导演一摆手说："你先别着急，演归演，你可别让我们看出你的'锣
鼓经'来。"

所谓锣鼓经，就是戏曲舞台上的程式化动作。比如急急风一转四击
头，"蹦登仓"，人物就要亮相了。我一听可又犯难了——得是戏曲，
又不要锣鼓经，这可怎么演啊？

我仔细琢磨了一下，导演这是要让我按生活化、自然的八戒来演。
我就强忍着心里不念锣鼓经，编了几句又像戏词，又不是戏词的台词。
尽量抛开锣鼓经，而用生活中的节奏来演，忐忑地把这场戏演完了。

我演的时候，杨导几乎是面无表情。我一演完，杨导就冲我乐开了。
我也不知道导演什么意思，试探地问了一句："导演，我演得还行吗？"

杨导说："得了，这二试也算你过了。"

"那咱一共几试啊？"我问。

"黄药师选郭靖还出了三道试题呢。下周一，还在这儿，你好好准备一个猪八戒的小品，咱们最后一试。"

我一听，得，我给剧组做女婿了。

最后一试我另辟蹊径，演了一个《西游记》原著中没有的故事，叫《猪八戒学本领》。导演看了之后非常满意。临走的时候导演叫李成儒送我，当时李成儒刚刚从北京电影学院毕业，在剧组做场记和导演助理。他把我送出来后，小声跟我说："马老兄，这几个演员里面导演最喜欢你，但是你现在先别漏。"

我一听心里有底了，没过多久，这个事就算敲定，签了合同。

在大家看来，我是幸运的，可我要感激那段尚无为的岁月，能够有严父对我三更眠五更起地督促，得遇良师的教诲，得到了朋友们的支持。人生中的每一分努力都不会白费。博观约取，厚积薄发，我的演艺之路已备好帆桨，准备迎接风浪的挑战和洗礼。

挑选白龙马，备好鞍鞯行万里

我进剧组后接到的第一个任务是去内蒙古锡林浩特挑选白龙马。

当时师徒四人的演员已经敲定，但是还缺少一个取经路上必不可少的师兄弟——小白龙。那个时候章金莱和演唐僧的汪粤被杨洁导演派到北京法源寺和白云观体验生活。我因为有些戏曲舞台上的底子，对猪八戒的性格也有一个整体上的把握，所以挑选白龙马的重任就落在了我的肩上。

我当时带了两封介绍信，一封是北京军区总政治部的，一封是中央电视台的。到了内蒙古呼和浩特，我把情况向相关单位说明之后，军区方面也非常重视，立刻带我前往锡林浩特骑兵团选马。

骑兵团的马厩着实让我开了眼界，上百匹马都是头至尾够一丈、蹄至背高七尺的宝马良驹。这些马中以黑色、红色的居多，白色的寥寥无几，但却格外显眼。我一眼就看中了一匹白马，遍体似雪，半根杂毛都没有。我就和身旁的人说："这匹马能借给我们吗？"

身旁的人听了，笑着说："您可真会选，这是我们团长的坐骑。我得给您请示一下。"

骑兵团的团长很爽快地答应把马借给我们，因为这匹马性子烈，好咬人，另外一条最重要的原因是白色的马不允许参与作战，白马上了战场目标太明显，就像活靶子一样。我当时拍了几张照片发给导演，算是把白龙马的事情定了下来。

　　"小白龙"选定之后，却不能带回北京，我只能自己先回到剧组。后来在拍《官封弼马温》一集时，我们整个剧组来到了锡林浩特。拍摄"万马奔腾"那一段时，马厩中所有的马全都放了出来，在草原上驰骋，景象之壮观要比徐悲鸿笔下的《八骏图》更有冲击力。

　　可能是因为我与"小白龙"天生就有眼缘，我一眼便看到了我的这位老朋友，招着手冲它打招呼，它则唉唉地打了几个响鼻。我高兴地给杨洁导演指着那匹白马说："杨导，那匹马就是我选的'小白龙'。"

　　杨洁导演也特别满意，从此以后，"小白龙"便跟着我们一起踏上了取经之路。不管剧组前往何地，总要用卡车拉着我的这位"老朋友"。

　　正所谓"备好鞍鞯行千里，我凭良驹好借力"，整个《西游记》剧组的师徒五人凑齐后，我们也正式启程踏上了我们的"取经之路"。

像不像，三分样

"像不像，三分样"是我们戏曲中的一句戏谚，讲究的是扮什么人物不能不像，也不能太像，必须要对生活中的形态进行提炼、夸张、美化等处理。再加上《西游记》这部剧属于神话题材，如何给演员化装，成了我们绕不过去的一个难题。

开始的时候，大家一起琢磨各个人物的造型，这可着实难倒我了。虽然这不是我第一次接触猪八戒这个角色，但之前演昆曲《孙悟空大闹芭蕉洞》中的猪八戒时，只需要上彩之后套上戏服，造型就齐活儿了，可这影视剧里的形象又是另一码子事儿了。

在原著中，吴承恩先生对猪八戒的描写是：

"卷脏莲蓬吊搭嘴，

耳如蒲扇显金睛。

獠牙锋利如钢锉，

长嘴张开似火盆。"

活脱脱一个猪妖在世，我们立马把这样的造型给否决了。原因还是"像"这个字，我们不仅要像原著中的八戒，更要像人们心里那个憨态可掬的八戒，这样才能把这个角色演活，演进观众的心坎儿里。所以，导演最先提出："猪八戒和孙悟空必须拟人化，要有神。猪八戒要可爱，孙悟空要美。"

导演一声令下，化装组的成员便开始设计各种各样的造型了。

当时我们的化装师是北影厂大师级的化装造型师——王希钟老师，他决定用一种叫硫化乳胶的东西做造型。先用石膏在我们本人的脸上倒出一个模子来，在这个模子上面再放上石膏，扣出一个凹模，这个凹模出来，就是我们的这张脸，然后在这张脸上做造型。

王希钟老师对于角色的外形塑造可以说是一丝不苟，他将《西游记》原版小说完整地翻阅了三遍，又研究了各类相关戏曲，把握了各个角色的性格特征，然后才着手设计每个人物的造型。猪八戒的造型着实是最令人费心的，单拿一个鼻子来说，长一点儿不好看，太短了又不突出，这个鼻子到底要多少个褶儿也是尝试了多次才确定。那圆润的脸颊和蒲扇似的耳朵也是几经推敲后才定了型。

猪八戒的形象确定之后，再在凹模的上面做一个猪八戒形象的模子，然后灌上硫化乳胶，放到烤箱里头烤。不单单要烤，还得有人一直去晃那个烤箱，这样才能让这乳胶面具烤得均匀，干得更快。最后再给猪八戒的脸上了色，这才成了大家在荧幕上看到的猪八戒经典的面部形象。

解决了脖子以上的造型后，猪八戒的臃肿身材的制作又成了摆在剧组面前的一个难题。那时候我的身材与猪八戒的形象相差甚远，试戏的时候杨洁导演也说过我"形象上略瘦"，这使我的造型在制作方面难度更大。一开始，我装了一个敲起来像木板的肚子，质感又硬又差，根本不能用。有人提议："咱用硫化乳胶做个肚子，再往里头注上水，这效果肯定错不了。"这方法听上去可行，于是大家就开始忙着实施。

　　刚搞定这个注水肚子，开拍没多久，有一次我演着演着，就觉着我的裤子怎么全湿了？开始我以为是出汗，结果发现肚子越来越瘪，我的腰带也越来越松，肥大的裤子总要往下掉。导演突然站起来，拿剧本指着我，喊了一声："停！猪八戒这肚子怎么没了？"我低头一瞧，可不是嘛！这肚子下边不知怎的裂开一个口，里面注的水全都漏进我裤子里去了。众人哄堂大笑："猪八戒尿裤子了！"我自己也顾不得害臊，被这滑稽的假肚子惹得又好气又好笑。原来乳胶这东西怕水，刚弄上的时候可能没什么事儿，时间一长，水把胶浸透，就直接漏出来了。

　　有了前车之鉴，我可是再也不敢用这水肚子了。后来造型师在硫化乳胶的肚子里面放了一层海绵，海绵外面再贴一层棉花。我穿上之后总觉得有点儿不对劲儿。我跑到正在给别人讲戏的导演面前，说："杨导，这棉花肚子虚虚囊囊的，一点儿不真，咱再想想别的法子吧？"导演看了我肚子一眼，也觉得放棉花确实不大合适，便让众人再努力尝试，直到找到一个既结实又真实的肚子。

　　功夫不负有心人，最终，我找到了那个合适的肚子。在我老家那边，炕上一般会铺一个大厚垫子，我们那儿叫棉花套子，其实就是被压瓷实的老棉花，把这个装进乳胶里正好，虽然有点儿重，但总算把质感和视觉效果提上去了。

　　造型解决了，这时候才算是我真正走近猪八戒这个有血有肉的人物的开始，这个肥头大耳、憨态可掬的形象伴我走过了六年的漫漫取经路，直至一生。

比皮囊更重要的是有趣的灵魂

　　如果有人问我，现在回想起以前扮演《西游记》中猪八戒这一角色的时候，是什么样的感受，我的脑海里大概会浮现出一个词——爱恨交织。可能大家会觉得我夸张，但这就是我所体验到的最真实的感受。

　　我爱这个看起来略显蠢态的猪八戒形象，这一副肥头大耳的皮囊成就了一个鲜活生动的猪八戒，也成就了当时在演艺界只是个无名小卒的我。可透过这光鲜亮丽的成就，又有多少人能看见这背后的艰辛与汗水呢？

　　我和六小龄童的装可以说是所有角色中最复杂的，也是最令剧组头疼的。可能有的妖魔鬼怪的装会比我们俩的复杂，但是他们的戏份并不多，也不需要天天化装，只有我这猪八戒和六小龄童演的孙悟空每天都需要经历一遍痛苦的上装过程。

　　那时每天早上起了床，到了拍摄地点后，我和六小龄童一到化装室的门口，闻着硫化乳胶的那股刺鼻味儿，就要进行一段时间的思想斗争，谁都不乐意先化。

猪八戒变形记

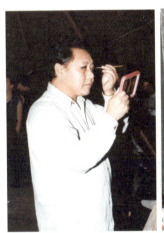  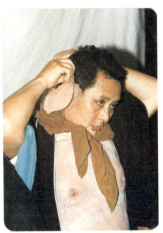

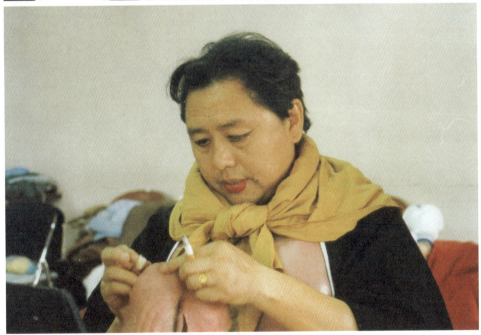

$\frac{1/2/4}{3}$　　1. 化眼影
2. 下巴及下嘴唇上颜色
3. 调整面具
4. 贴耳朵

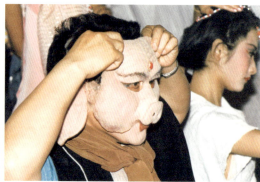

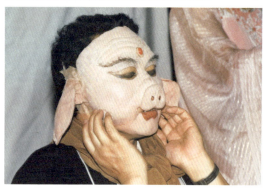

5. 猪脸涂胶 $\dfrac{5 / 6}{7 / 8}$
6. 贴脸子
7. 最后调整
8. 穿戴整齐，准备上场

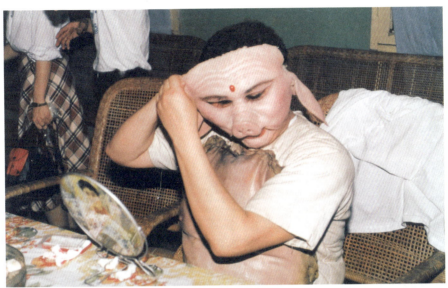

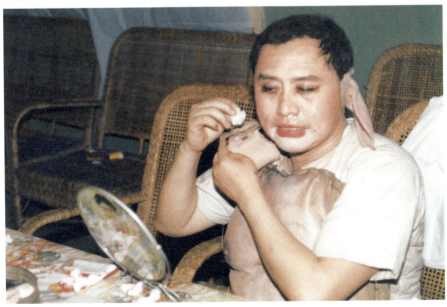

9. 演出完毕，下来卸装
10. 用酒精棉边擦边卸

$\frac{9}{10}$

"猴哥，你是老大，你先化！"我冲着六小龄童挥手说。

他转过来推我："二师弟，我比你大，大敬小，还是你先化。"

"你先拍，你先化！"

"你化了我就化！"

我们两个在化装室的门口你推我让地拖延时间，心里想的都是能拖一会儿是一会儿。

可是我们还是耐不住杨导的催促。导演坐在监视器前，等不来猴子和八戒，喊了一句："猴子和八戒好了没有？"我们俩对视一眼，同时叹了口气，只能认命，躲得过初一躲不过十五，抽风当不了死。我们如同上刑一样地进了化装室，开始我们这一天艰巨的带装拍摄任务。

在扮演猪八戒的六年时光中，每个夏天都十分难熬，不仅是因为夏天炎热，整个剧组都需要顶着烈日工作，更主要的原因是我戴上假肚子之后，活生生像是在几十度的高温里又盖了几层厚厚的棉被，热得人喘不上气，说不出话。每天上了装的那几个小时是我最煎熬的时候。

刚开始拍摄的第一个夏天，有一天化装老师刚拿出我的假肚子，旁边就有人捂着鼻子，问道："怎么一股馊味儿啊？"他这一说，大家都仔细地闻起来，寻找着这味道的源头。结果，这味道竟然是从我的假肚子上传出来的。大家翻过肚子一看，乳胶外面长出了大片大片的霉点，散发出难闻的味道。可是马上就要开工了，再做一个肚子肯定来不及，杨导便下令："别管那东西了，赶紧穿上开拍了！"化装师张兴华马上在发霉的肚子上涂上了一层油彩，把霉点遮上。为了整个剧组的拍摄进度，我也不能嫌弃这嫌弃那的，立马穿上那长了毛的肚子，开始了一天的工作。

　　我原来在剧团的时候，演戏时出汗都是难免的事，并没有人会在意，一般情况下没一会儿就蒸发干了，大不了就是汗把脸上的装搞花了，重新补一下就是了，也不算麻烦。可是戴上了这硫化乳胶面具，很平常的事情都一下子变得困难了许多，就比如脸上出汗的时候，汗珠子被厚厚的面具捂得严严实实，根本蒸发不出去，只能越积越多，最后汇成好几股。额头上的汗顺着眼睛流，流进眼睛里把眼泪都熏出来了。鼻子上的汗顺着两边流进嘴里，嘴里都是汗水混着乳胶的那种又苦又涩的味道。

　　比化装还要恐怖的是"修装"。

　　所谓修装，就是把半截面具从脸上掀起来，用酒精棉球把里面全擦干净，之后再拿刷子蘸上胶水，像刷墙一样用胶水把脸上刷匀。这还不算完，还必须要拿扇子把这胶水扇得稍微干一点，才能再按回脸上，修完一半的脸再修另一半，也是很费时间的。

　　我第一次修装的时候，和剧组的同事们开玩笑说："嘿！这修装就和我小时候看我爸粘自行车车带一样，刚抹完胶还不能粘，得把它搓干了才能粘，要不然就是白粘，粘不结实！"

　　"老马，你可真是乐观啊。我要是每天都经历这化装和修装，我估计都要哭出来了。你还有心情开玩笑！"一个站在我身边正在忙着别的事的同事抬起头来看着我说。

　　我心里想，这就是我自己热爱的工作啊！虽然过程很艰苦，我也想过要放弃，但我不能辜负那么多人对我的期待啊！虽然化装和修装令我痛苦煎熬，但是我学会了乐观地去面对。

　　除了出汗的烦恼，我和六小龄童连吃饭都成了一个问题。每次拍摄到中午饭点儿的时候，我俩的面具不能卸，就不能吃饭。一开始我们两个坐在他们边儿上，看着他们吃。只听见一阵咕噜噜的响声。

"哎？谁肚子叫呢？"

"是我的。"我不好意思地摸摸我的假肚子，那模样真和猪八戒贪吃的样子一模一样，惹得大家都捧腹大笑。

杨导看我俩实在是饿，就招呼大家："咱们快点儿吃！别让猴子和八戒一直等着咱们！吃完以后马上开拍！"

所以在我们剧组里，大家吃饭都跟打仗似的，很快就解决完一餐。

后来，他们也知道我俩看着他们吃饭不好受，为了关照我们俩，就搬到远一点儿的地方去吃，尽量不让我俩瞧见。

我俩也没有个可看的，而且必须得张着嘴，因为一闭上嘴，鼻子一出气，水蒸气就打到面具里汇成水流下来，流到嘴里，不仅嘴里不好受，还容易穿帮。所以我俩也不能聊天，就一直张着嘴，除了没把舌头耷拉出来，其他的都和那夏天里的狗一个模样，也是剧组的一大"奇观"。我俩你看我，我看你，活像两座雕像，我们俩管这个叫"看堆儿"。

拍摄《西游记》的时候，需要好多小演员，他们也没能逃过化装的"摧残"，尤其是扮演小猴子的小孩儿们，头套、面具都得扮上。我和六小龄童都觉得心疼，我们两个成年人戴上这东西都难熬，更别提这么小的孩子了，他们一准儿受不了。但孩子毕竟是孩子嘛，好奇心重，个个都想当美猴王，争先恐后地要赶紧上装。

果不其然，一上了装之后，这帮孩子们就受不了了，一个劲儿挠挠这儿、抓抓那儿的，不一会儿，就把小猴子面具给掀起来了。

"这可怎么办啊？这也不能一个一个都重新弄吧？"化装师从化装室愁眉苦脸地走出来，对我们说。

$\dfrac{1}{2}$
1. 我扮演白毛猴，儿子扮演小猴子，
与杨洁导演的女儿咪咪合影
2. 看这群调皮的小猴子

我当时扮演的是美猴王麾下的大头目之一——白毛猴，这些小猴子都听我的差遣。

"我进去跟他们说说吧！"我站起来走进化装室，看着一帮小孩子们抓耳挠腮的，把面具掀得乱七八糟，是又好气又好笑。我对他们说："这样就受不了了？你们想想孙悟空他们经历九九八十一难才取得了真经，仅仅一个面具和头套就把你们难住了？再想想你们六小龄童老师，每天都得戴着这个面具，他受不受得了？我们是不是得坚持坚持？"

几个小猴子愣了一会儿，回答道："是！"

《西游记》里还有一个重要人物——牛魔王，开始这个角色并不是闫怀礼演的，而是另一个演员来演的。这牛魔王的面具造型也是极其复杂、厚重，这位演员的岁数比较大，心脏本身就有点儿毛病，戴上面具再送进山洞里拍摄，当场就犯了心脏病，晕得天旋地转，立马被人从里面抬了出来。出来以后把装一卸，心脏马上就恢复正常了。导演一看没有办法，只得临时换人。

可这拍摄地点在荒郊野岭，想找个临时演员哪有那么容易？导演便直接叫闫怀礼来演，正好那个时候沙僧的戏份不多，闫怀礼就又承担起了牛魔王这个角色。

更让我印象深刻的是在冬天被水浇湿。当时我们在苏州拍《坎途逢三难》那集，我得被吊到树上淋雨。这大冬天哪来的雨呢？剧组就叫来了消防队，消防队员拿水枪从上面浇下来，真是冷得人直打战。后来导演说反正八戒都被浇了，咱们再把师徒四人雨中行走那段拍了吧！最后就变成了我们四人一起受罪。

　　所以，在《西游记》这部剧里，每个演员都不容易，都吃了很多常人无法想象的苦。

　　六个春夏秋冬过去，我逐渐融入猪八戒这个角色的灵魂里。那一身化装造型也像一个战士的军装，记录着我在拍摄时的艰辛与喜乐，成为我漫漫取经路上不可磨灭的记忆，也成为许多观众心中难以忘却的经典。即使它给我带来了许多麻烦和痛苦，但我仍然感激它对于我整个人生的馈赠和影响。

可上九天揽明月

　　回顾电视剧《西游记》从 1982 年开始拍摄到 1988 年拍摄完工的那六年间，所有参与拍摄的工作人员可谓实实在在地走过了那"九九八十一难"。仅靠着一台摄像机，走遍全中国，已是难上加难，但《西游记》的神话主题本就注定这部电视剧并不是有了剧本、导演、摄像、演员就可以直接开拍了。特技、化装、造型等等问题都变成了拍摄途中的一道道难关，唯有同心协力，共闯难关，才能打造出一部精品。

　　这一版《西游记》之所以能够取得成功，与剧组成员们的团结合作密不可分，大家都抱定一个信念——要用师徒四人取经的信念和精神去完成这部片子。当时的特技可能还称不上是特技，全是大家集思广益想出来的人工土方法，没有电脑后期处理，和现在的技术简直差了十万八千里，但不管多么困难，只要有效果，我们都要尝试。

　　首先要解决的问题是如何"腾云驾雾"，这和戏曲里的表现方法完全不同，戏曲舞台上用龙套跑一套云牌，演员上来翻几个跟头，就可以表现上天入地了。但影视剧里要强调真实性。当时我们唯一会的特效就是"停机再拍"和"抠像"，好比《除妖乌鸡国》中国王的灵魂出窍，

《猴王初问世》中孙悟空腾天的镜头。但如果涉及在空中打斗的场面，光会这些是不成的。

那个时候正逢港片、台片热，我们想起了在武侠片中也有高来高走的桥段，仔细一打听，才知道人家用的这个特技叫威亚。杨洁导演立刻决定带着美工团队赴港学习。

当时香港还没有回归，学习之路也是非常坎坷。杨洁导演费力找到了几个剧组，人家态度很明确——不教你，不允许拍照，只能近距离地观看。

没有办法，美工老师们只能分头行动，几个人注意看腰部，几个人负责看挂钢丝，几个人负责看怎么往空中吊。可是和身体接触的这一块看明白了，上面的钢丝和滑轮怎么连接的就不知道了。就这样，看完之后马上回酒店把图纸画出来，我打趣地说："这和当年造原子弹的劲头差不多。"

等回到剧组，大家就开始做威亚。我们把这东西叫"过江龙"，用一个一尺五宽的皮子制成一个大皮带，上边挂三个环，分别是上、中、下，用于各种角度的调动。拴皮带的钢丝也非常坚固，号称能禁得住两吨重的物体。但是，滑车上面的钢丝很容易绞在一起，多股钢丝拧在一起，走一趟就能断好几根，要是飞过两趟三趟之后，这钢丝就只剩下一两根了，极其危险。我们师徒四人都有在飞的过程中掉下来的经历。

在拍《三调芭蕉扇》一集时，有一个镜头是我和孙猴儿追牛魔王。飞过两趟之后，杨洁导演觉得还可以，但摄像师王崇秋老师为了保险，让我们再飞一次。等把我吊起来的时候我心里还在琢磨：这要是真掉下来，仗着我自己有童子功，把耙子一扔，手一按地，来一个就地十八滚，把竖劲泄成横劲，绝对受不了伤。

大战牛魔王的场面，牛其实是假牛

我们原本打算用真牛，但即使是小牛，老猪拉着它的
尾巴，也依然被它拖着往前跑，这就是牛劲吧！

可怕什么来什么，我还真就摔下来了，当时脑子一蒙，什么都顾不上了，硬硬实实地摔在洋灰地上。不过好在我的假肚子保护了我，但即使如此，还是把肋骨给硌了，让我喘不上气来。

在场的所有人也都吓坏了，众人围上来就要往起拉我，我们的现场导演荀皓赶紧喊了一声："别动，让老马自己来。"说完赶紧跑过来蹲在我身边，问道，"兄弟，感觉怎么样？能不能起来？"

我强忍着痛说道："我没事……"这"事"字还没出口，紧接着一连串地咳起来。

杨洁导演也跑了过来，说道："赶紧给他把这行头卸了。"

我支撑着翻了个身，大家赶忙帮我把肚子卸下来。给我解开之后，大家问我："老马，这回好点了吗？"

我慢吞吞地说："我……我想……"

"你想干什么呀？"

"我想上厕所。"

"哈哈哈。"大家全都被我逗乐了。杨洁导演既心疼又好笑地说："都摔成这样了，还没有个正形儿。"

2008 年汶川地震时，一个小孩被从废墟中救出，就在救护人员抬他上担架时，他突然对人们说："叔叔，帮我拿瓶可乐。"这种苦中作乐的精神深深地打动了我。仔细想想，我们当初又何尝不是这样？即使再艰难，也要为那段岁月添上一丝欢乐。

能下五洋捉金鳌

除了要上天之外，还有一件恐怖的事就是下水。

我是一个十足的旱鸭子，根本不会游泳，但《西游记》里难免会有探龙宫、入水捉妖的戏。我印象最深的就是"探井龙宫""盘丝洞"和"捞经包"这三场。

"探井龙宫"是试集《除妖乌鸡国》里的一场，孙悟空逗八戒，说井中有宝贝，猪八戒贪财心切，要入井寻宝。拍摄的时候，入井的镜头要大头朝下，那一次我可是喝足了水，上来之后我还不忘打趣："人家都是先学游泳，我可倒好，直接学潜水。"

"盘丝洞"一集，猪八戒调戏蜘蛛精，蜘蛛精在河中洗澡，猪八戒过去说："姐姐们，咱们一块洗洗澡吧。"理应是我调戏她们，可我戴着假肚子，一入水之后，这假肚子跟救生圈一样，怎么也不往水底下沉。导演在岸上着急地喊："猪八戒怎么不往下沉呢？"

我说："您别着急，等肚子里的水灌满了，想起都起不来了！"

实际情况还真让我说中了，等假肚子里的棉花都被水浸完之后，分量和秤砣一样。这时候我过去扑蜘蛛精，一扑一个空，掉河里就爬不起

在九寨沟"盘丝洞",猪八戒偷看蜘蛛精洗澡,
看似大饱了眼福,实际上可把老猪累惨了

来。她们几个就把我拽上来,再按下去,又拽上来……如此反复,倒成了她们"调戏"我了。

还有一集就是"捞经包",说的是师徒四人取经回来,忘了给老鼋问寿数了,老鼋一怒之下把师徒四人翻进水中,我们在湍急的水流里抢捞经卷。这一集是在四川都江堰的二王庙下面拍摄的。这里的水都是岷山的雪水化下来的,又凉又急,七八月份最热的时候都没人敢下去洗澡。当时导演组为了照顾我们的安全,还专门找了几个水性好的保护人员,其中有一个保护我们基本演员的保护人员,是福建省杂技团的一个演员,叫连治水。

在都江堰拍摄捞经包的镜头，差点经包没捞上来，倒把我给冲走了

　　到了开拍的时候，我们师徒四人在江中还没走多远，水位差不多就齐胸了。水流特别湍急，我们几个谁都站不住，全趴下了。杨洁导演在岸上喊："好，赶紧捞经包。"

　　这次的情况和盘丝洞那集一样，我根本浮不起来。只能蹭着往前走，这儿捞一个，那儿捞一个。猛然一瞧，离我差不多一米远的地方有一个经包，我赶紧往前扑腾了两下，恰巧一个浪头打来，原来我是蛙泳，这回变仰泳了。加上我不会游泳，想翻身也翻不过来，被水流往江心冲。

　　等导演停机后，大家都上了岸，杨导问道："八戒呢？"

　　这回大家才注意到我，负责我们安全的小连一个猛子扎进水里，把我捞了上来。那一回可把我吓坏了，腿肚子抽筋，站都站不起来。

我问小连："刚刚我冲你招手，你怎么不理我呢？"

小连操着一口福建话，一脸无辜地说："我以为你在演戏的啦。"

我说："得，你要是再晚拉我一会儿，咱们可真就大闸上见了。"

双头悬案

取经路上遇到的妖魔鬼怪，都要我们师兄弟挨个儿去降伏。猪八戒本是天蓬元帅，具有天罡三十六种变化的本事，手持上宝沁心耙，虽然不及孙悟空七十二般变化那么神通广大，但只要有打斗戏，猪八戒是总也少不了的。武戏难免有失误和意外，因此，受伤也就成了家常便饭。

在拍摄《除妖乌鸡国》的时候，饰演妖道的夏老师本是职业武打运动员，这位夏老师散打段位很高，武术功底过硬，是个有真本事的！而且非常认真，每次排练，都是拿出实际拍摄时的劲头来对待。

当时戏里有一场猪八戒和妖道的打斗戏，我们两个人就琢磨如何能打得更好看更精彩。因为我们两个人都有武术的底子，所以都不由自主地拿起兵器，比画起来。

我这边举起钉耙一砸到底，这招叫力劈华山。他举锤使一个举火烧天，架住我的兵刃，然后顺势回打我。我双手把钉耙举到胸前，使一招怀中抱月，抵挡他的进攻。这时夏老师已经完全投入打斗中，我这边还未出手，正跟夏老师讲解着我接下来的动作会是转个身，横着将钉耙往他腰部的地方打去，不料夏老师根本没注意到我的动作和讲解，刚才抵

我与饰演妖道的夏老师合影

挡过后的锤子已经顺势举了起来，打向我转身时的空处。只听"嘣"的一声，有东西狠狠地砸在了我的后脑勺上，我一下子就栽倒下去。

我躺在地上就感觉天旋地转，眼前发黑，胃里翻江倒海，恍惚看着夏老师拿着锤子把儿发愣。后来听同事们说："夏老师这一锤子砸下来，我们都以为把马老师的脑袋给砸下来了，脑袋在地上乱滚，仔细一看，原来是锤头打下来了。"

当时同事们确实都吓坏了，围着我不知如何是好。因为带着装不方便查看，众人七手八脚地帮我卸了装，发现我后脑勺早就肿起了鸡蛋那么大的一个包。因为我拍戏时剃了光头，肿起来的部分又红又圆，十分显眼。夏老师吓坏了，赶紧跑过来，又焦急又害怕，半跪在我身边说："这给你打坏了！"

我迷迷糊糊地说："没事，本来咱俩不是一个门类，打法不一样。刚磨合，受伤正常……"

他那边着急得不知道怎么办才好，众人赶紧准备带我去医院。我缓了一下神儿，感觉没那么恶心了，为了不耽误拍摄，就让大家各自去忙，先不去医院。我赶紧又把装上好，继续投入拍摄。

那场戏按我们之前比画时排好的打法进行拍摄，呈现的效果十分理想。不过现在想来，当时要真落下个脑震荡，那可不是闹着玩的！所以我每每想起这次受伤的经历，总是心有余悸。后来同事们开玩笑说，真怕我的脑袋被锤下来呢！

说到武打设计我又想起来一个人，他既是我们的武打设计又是《西游记》中二郎神的扮演者——林志谦。他是个有着侠肝义胆的英俊小伙子，是武术大师万籁声的弟子，他才是真正的武林高手。当时剧组开机之后，有一段时间我一直在琢磨八戒的武打动作，武术套招应该怎样设计，志谦就给了我很多提示和启发，他告诉我："武术有虎拳、蛇拳、鸭子拳，你完全可以把这几种拳法和八戒结合起来，为八戒所有，这样八戒的感觉既有虎气，又有鸭子的笨拙，还有蛇的柔韧。"我一想确实是这样的。受到了师友的启发，我有了明确的方向，经过学习之后，使得我在拍武打戏的过程中又提升了自信。所以我特别感谢我们英俊的武林高手林志谦。

弄"拙"成"巧"成经典

一次，剧组来到云南石林，开始拍摄黄袍怪那一集。

我们想在与黄袍怪的打斗中出些新花样，同时又能充分利用当地的地貌特征。之前说过，当时的特效几乎为零，没什么太高超的先进技法，只得另想他法。这时，任凤坡和荀皓导演就想到现代京剧《红灯记》最后一场中用到的"三级跳"技法。所谓"三级跳"，就是利用蹦板，人从第一个蹦板上蹦起来到第二个，顺利跳到第二蹦板之后再借力跃起，再到第三个，然后从蹦板上跳起，翻过高墙等障碍物。这个技巧来源于杂技，身法漂亮，且有一定的神奇之感，再结合京剧中的剧情，看过的人无不拍手叫好。《红灯记》里的三级跳是从上往下跳，而我提出了从下往上跳，这样一来，难度更大了。于是在我的提议下，导演决定让我们尝试着把这个技巧运用到打斗中——黄袍怪在猪八戒身后一打，我就蹦起来。

为了实现这个特技，我们先绕着石林一处处地筛选地点。从平地往上蹦之后，需要一个能放得下蹦板的地方，这对上面的空间有一定的要求，第三个地方同样需要适当的空间。一群人找来找去，终于找到一个合适的地点能够放得下道具。

确定了拍摄的地点之后，我就开始练习蹦板。我要先在平地上练习，以掌控好时间点，并且把握好"落进"。所谓"落进"，就是要弄清楚落地的地点。我尝试拿捏着跳的力度，寻找合适的落地地点。可这时又出现了一个大问题：之前用得到这个道具的只有孙悟空，他的很多镜头需要从蹦板上跳起来，蹿上去，得以"上天入地"。道具下边本来有三个弹簧用来支撑，可是六小龄童体重比较轻，三个大弹簧支撑力度太足，他踩上去总是压不下去，因而反弹让他腾起的力度也就不足。于是道具组就去掉了中间的弹簧，变成了两个弹簧。就因为去掉的这一个弹簧，可为难坏了我"老猪"。

六小龄童一般只是用这个蹦板跳一下，而我要连着跳三个蹦板，缺了一个弹簧就意味着我每次跳跃必须不偏不倚正好踩到蹦板的正中间才行。只要稍稍一踩偏，弹簧反弹的力就会有偏差，整个身子就跟着歪了，很可能就踩不到第二个、第三个蹦板，甚至可能直接飞出放置蹦板的小平台。面对这种情况，我只能多加练习，练习时多加小心，形成惯性以保证不会出大的失误。

当时凑合着铺了一层小毯子，我就开始练习了。一开始我试着做了两次，效果还不错，就准备着做整套动作。我做了个深呼吸，心脏怦怦直跳，但还是鼓了鼓勇气向着蹦板跑起来。只见我顺利地跳上第一个蹦板，结果落下去的时候"落进"没找准，踩的地方稍稍靠左边了一点，跃起来的时候整个身子已经偏了，因为惯性太大，已经难以停下来，结果没能踩到第三个蹦板。落下的时候我脑子已经一片空白，先是左脚"咔嚓"一声，顺势就砸在了旁边的地上，紧接着我整个人"咚"的一声摔在了毯子上。虽然事先铺了毯子，但那毯子质感特别硬，和落在地上似

我在云南石林帮助灯光组打反光板，这个时候我的脚还没有受伤

乎没太大的分别。

等我自己慢慢挣扎着双手支撑起身体，翻过身子坐在地上，心想："这下坏了，要耽误事儿了。"这时，我们的执行导演听到动静跑了过来，焦急地问："兄弟，怎么样怎么样？"他看着我龇牙咧嘴的样子，说："这是崴了！"他赶紧跪下来小心翼翼地帮我看看脚腕，当时眼看着我的脚腕一下子就红肿起来。我想着先站起来看看，他立马制止："可别动！现在别揉也别动。你这下不了地了，很快就不能站着了！先好好地用凉水敷上，先消肿再说。"

果然，很快我连地都下不了了，只能用凉水敷着。山区里不好出入，也没有医院，幸好他们在附近寻到了一个草医。草医找了一些草药，切碎后敷在我的脚腕处，然后帮我按摩。其实在我看来就是揉！他揉的力道不大，可我却疼得吱哇乱叫。医生每天都来帮我按摩一阵，可我的脚腕动一动还是疼得厉害。

因为下不了地，我一应的吃喝拉撒只能在房间里解决。章金莱除了拍摄，还要天天伺候、关照我。他没喊累也没嫌脏，那儿天我心里感动极了，也愧疚极了。感动的是金莱拍摄那么辛苦，还要无微不至地照顾我；愧疚的是我耽误了拍摄的进度。

就这么在床上躺了五天之后，我实在忍不住了，我知道不能再耗下去了。大家劝我说导演找人替我拍了几个镜头，让我再多休养儿天。我强撑着起床去看其中一个镜头，看完之后明显觉得感觉不太对。我就和导演说："这个感觉不太对。"导演知道我不想拖大家的后腿，就问我现在恢复得怎么样。我说："我还行，虽然有一点瘸，但起码能走路了！"

就这样，我简单地把脚缠了一下，瘸着一条腿，就重新投入了拍摄之中。这一部分有和黄袍怪打斗的戏分，我整个人跟跟跄跄地，正好剧情中猪八戒有些打不过黄袍怪，所以和猪八戒的状态还很一致。稍微有点瘸，也正好符合戏里的情境。需要跳起来的时候，我就单腿蹦跳，摄影师也跟着我的这个情况调整了拍摄手法，打斗戏分的镜头晃得比之前稍大了一些，反而显得打斗更为激烈，效果更好了。

后来这一集播出之后，我跟别人说："你看，拍这场戏的时候我的脚崴了，你看这一瘸一拐的。"他们还挺诧异："还真没注意，一点也没看出来！"我一听就乐了：只有我自己看得出来，那这苦我也算没白受！

我与白龙马的故事

师徒中的"第五人"

一提起《西游记》，或者说到西天"取经团队"，大家总习惯说师徒四人，这似乎已经成了大家的一个共识。但其实我们的团队应该是五个人才对，这第五个人就是小白龙。

小白龙在原著中被称为"玉龙三太子"，本是西海龙王之子。他因为烧毁了玉帝赏赐的明珠而被西海龙王上天状告忤逆，要被斩首。后因南海观世菩萨出面才免于死罪，被贬到蛇盘山鹰愁涧等待唐僧取经。后又误吃了唐僧所骑的白马，被菩萨点化，变身为白龙马，护送唐僧取经。

我挑选的"小白龙"进组后，我牵着它的时间最长，而且我打心眼里把它当作我的好兄弟一样对待。平时给它预备饲料，如果有苹果的话，我吃一两口，剩下的都给它吃。渐渐地，带着"二师兄"装的我和"小白龙"的关系亲密起来。可是旁人就没这么幸运了，一次拍摄时，我们的灯光老师无意间靠近了它，就被它咬了一口。而且特别有趣的是，它看见孙猴子就咬，不知道是不是因为孙猴子的装束问题，大家常常拿这件事情打趣。

师徒五"人"取经团队，缺一不可

　　每次我们一出发上路，我就会回头小声地和它说句："师弟！咱们走！"这句话就像是我俩的一个暗号，一说出口，彼此心里都踏实。

　　有一次我们在烟台拍摄，休息的时候参加了当地政府组织的一个联欢活动。那天场馆里有近万人，当我们上场的时候，欢呼声一波压过一波地涌来，房顶都像快被掀掉了一样。唐僧没骑马，我就牵着马小心翼翼地跟在他们后边走上台。这时，聚光灯一下子打过来，晃得人睁不开眼。但我却明显感觉到了马儿的不正常，它呼吸非常急促，鼻子一声接一声地打着响鼻儿。等我眼睛缓过来，看见它耳朵往上立着，蹄子不断磕着舞台，躁动不安。我看着它这样，其实心里也有些慌张，害怕马儿失控。我深呼了一口气，贴在它耳边上对它说："没事！"又用手抚摸它的脸，"师弟！咱就走这一遍。跟着二师兄，我一直带着你！"灯光太强烈，可能马儿也有些看不清楚，但它熟悉我的装，熟悉我的味道，感觉我亲近它，靠着平时积累起来的感情，它也就死乞白赖地往我身上靠。台边上养马的师傅看见这个阵势，也有些害怕。我就示意他安心，别着急。

马儿显然有些看不清路，每走一步都小心翼翼的，我把它拉得很近，几乎是贴在我脸边上，感受着它急躁的热气。幸好还算顺利，我们带着它在场子里走了一圈。到了台边上，我轻轻地扒簌着它的马鬃，把它交给了看马的师傅。我说："师傅，您注意勒紧了它！就怕它一下惊着了，它可没见过这场面！"

通过这件事，我感觉到这马十分通人性，"小白龙"似乎真的是人化身的！

难兄难"弟"

《西游记》片头里我们师徒四人和小白龙走过九寨沟的画面，相信大家都不陌生。（可惜那个景观在地震之后消失了，好多人说再想看这个景致，就只能看《西游记》的片头了。）那时候我们走在瀑布上边，水流缓缓从脚踝边流过。但马一进到水里是特别害怕的，我就紧紧地攥着缰绳，对它说话："没事啊，放心兄弟，这地方不滑！一点都不滑！"

我为什么这么说呢？这还要提到之前发生的一件事。那时我们在四川都江堰的二王庙山拍摄取经结束后返回的一场戏，师徒几人欢欢喜喜，我身上背着经包，马的身上也驮着经包。二王庙山上十分潮湿，开凿的小道极其狭窄，周围长满了各种各样的杂草植物，道路上也处处都长满了青苔。最要命的是，小道旁边就是一条泄洪沟，脚下一个不小心就会

我在四川九寨沟的瀑布旁

翻下去，所以众人都走得战战兢兢的。

　　我背上背着经包，一手牵着白龙马，另一只手还挑着别的东西，白龙马跟在我身后。走到半截，迎面一棵树挡在道路中央，树干有两人合抱的粗细。我小心地斜着身子，绕过了大树，扭头一看白龙马，它的前半部分顺利地拐过了树，可它身子太长，注意不到后边的情况，往前一走，经包就被树枝挂住了。因为经包比较硬，一下子硌到了马的屁股。我们常说"拍马屁"，可马的屁股一旦被触碰，那可是不得了的。它立马急了，扭头就去看自己的后方，由于马身子比较长，这一转身，"哗啦"一声，马的后半部分瞬间滑向了泄洪沟。马的上半身卡在路面上，下半身在斜坡上，由于坡上长满了青苔，十分滑，马的两条后腿使劲倒腾，可怎么倒腾都没用。我见状赶紧安抚马儿，防止它完全滑下去，一边用力拽着缰绳一边和它说："兄弟，咱们一起使劲，我一叫你，你就往上走！"我抓着缰绳一使劲，马后蹄也跟着使劲，用力太猛，马刺溜一下蹬滑了。我心里一紧，果然马整个身子都开始往下坠，连带着本来在路面上的上半身都快要滑下去了。缰绳一下拽着我的手拧了个个儿，然后跟着力道往下走。一切发生得太突然，没等我反应过来，缰绳已经死死套牢了我的手。那一瞬间，我手上的骨头就像是被打碎了一样，四根手指粘在一起，火烧一样地滚烫。就这样，马还悬着，我也在路的边缘。一群人围过来七手八脚地想抽出我的手，却因为马的重量太大，没法抽出。我们的化装师赶快取来刮脸的小刀，我忍着疼，看着他一点一点地把缰绳割断。

缰绳断掉之后，马顺着土坡滑了下去。幸好当时下边没有太多积水，否则后果真是不堪设想。化装师着急地说："德华，你的手可能会骨折。"

这次历险真是把人吓坏了，不过幸好后来我和马都平安无事，真真是有神佛庇佑！

所以，当我们走在九寨沟的小瀑布上时，我突然想起这段险事。它仿佛也听懂了我的话，一步一步跟着我们，顺利地走了过来……

被"小白龙"误伤

"小白龙"跟随我们拍摄完《西游记》之后便退役了，它就留在了无锡的外景基地，供游人们观赏。后来我们师徒四人曾经特意结伴去看了它。再次看到它的时候，我内心深处的记忆和感伤都涌了上来。我看着它瘦骨嶙峋、垂头丧气的样子，早已没有了往日的风采。它老了，老到就连抬起头看看人都需要费很大的力气。当我们走近的时候，它仿佛感受到了熟悉的味道，对我们表示了亲近。它还是记得我们的！我心里这么想着，往事又涌上了心头。我想起了有一次拍摄，那时它还是神采奕奕的，它用极大的力气踹了我一脚的事儿。

那时我们在拍摄《猴王保唐僧》那一集，剧情是强盗打劫了唐僧，抢走了唐僧的马。我客串打劫的强盗之一。拍摄时已经是晚上，片场强烈的聚光灯打在马眼前。导演想要拍马抬起前蹄直立的画面，意思是小白龙想要甩掉身上这个强盗，可是这马死活不动。我们的一个烟雾师出了一个招儿，要在我骑着马路过的地上放置一个闪光雷——这是我们当

师徒五"人"再聚首，这是我们几年后回到无锡看望"小白龙"时的合影。它对我们很依恋，我牵着它，心里油然升起一阵感伤。我们和它分别后，没过多少日子，它就去世了，实际上是老死了

时的一种特效，点燃之后，"啪"的一声，火光一现，随后有烟雾喷出，剧中时常能看到，总是在妖怪出场时用到的。烟雾师这个想法不知道有没有效果，我们只能尝试一下。

我在远处和马找好定点，场记一打板，我就策马跑了起来。等到了提前预设好的地方之后，烟雾师操作闪光雷"啪"地一下在马身边炸开。马当下打了一个激灵，我趁机往下一倒，就完成了马把我摔下去的镜头。可我躺在地上还没来得及高兴，就发现这时候马确实受到了惊吓，我摔下去之后，马收了前蹄，后腿一下子尥到了我，正中我脚的跟腱。因为马蹄子包了一层"U"形金属，以延缓马蹄的损耗，所以它这一蹄子可够我受的了，不仅力量大，还是坚硬的铁蹄！像是一个铁锤狠狠砸在脚上一样！这家伙一蹄端完我，就一溜烟地跑远了，而我整个人冷汗直冒，躺在地上痛得撕心裂肺，已经疼到浑身僵硬得不能动弹了。

同事们很快把我送到了武夷山附近的医院，并陪着我做了检查。结果出来了——骨裂，是骨折的一种。医生要我打石膏或者用小竹板固定，然后搽药治疗。我想着要是打石膏肯定要影响拍摄，就只敷着药膏。不拍摄时坐着歇歇脚，拍摄时忍着疼痛上场。不知道过了多久，疼痛感才慢慢消失，脚才终于好了。

回想那时候健硕的它，再看着眼前的它，我的心里酸酸的。时间匆匆过去了，我们一起走过的万水千山，只留在了故事里和我们的回忆里。

真假"小白龙"

我们在海南拍摄时，"小白龙"还没有进组，但是拍摄中没有马不行，我们就向海南的部队去借马。部队的饲养员爱莫能助地说："我们这儿没有养白色的马。"这可难倒了大家，美工老师无奈之下只得说："你们就挑一匹好马吧，我再想办法！"

当时饲养的马匹体型都不大，无奈之下，我们只得挑了一匹体型较为合适的红色的马。其实，我们挑的那匹马儿也相当小，唐僧如果骑上去腿是垂到地上的。一群人开玩笑说："这马儿只比小狗稍微大一点！"这马骑是骑不了了，只能由我牵着。

拍摄时马牵着当然没有问题，可是红色的马不是明显穿帮了吗？这怎么办呢？美工老师想出了一个办法——染色。美工老师兑好颜料之后，一点点细致地往马的身上涂抹。我们一边拍摄，一边偶尔看一眼那马，真像是变魔术一样，一点一点由红色变成了白色！虽然刚刷上的颜料还是湿漉漉的，不过站在远处一看，真真是匹白马！马抹了颜料也不舒服，自己甩来甩去，还不断蹬着蹄子。美工老师也有些着急："赶紧拍有马的部分，这马可不闲着，别让它把这颜色都蹬掉了！"

我们听了赶紧拍有马的部分。当时有一个镜头是我们在赶路，经过前头的一座独木桥，唐僧、猴哥都过去了，我牵着马准备到桥上喊声"驾"，好让马快速通过。谁知还没等我们到桥边，那马看着独木桥就不往前走了。我想了想，对沙僧说："老闫！你拿着挑子，待会儿上桥的时候，我在前头离它近点，用力拽着，你在后边冲着它屁股拍一下！"果然，马最怕屁股后头有东西，这么一打，马惊慌地上了桥。但它前脚踏了上来，后脚却死活不动了。沙僧冲着马屁股又是一下，这才好不容易上了桥，可没走几步，它就跳进了河里。我一想，马游着过去，我们跟着走过去，反倒有趣。可结果我转头一看，立马傻眼了——本来清澈的河里，立马浮现出了大片大片的白色，水流直接给马洗了一个澡，把颜料都冲没了！过了河，我赶紧跑到河边上等它，我拽着缰绳，它前蹄子一抬湿漉漉地上了岸。导演赶紧喊了停，说道："白马变红马，变戏法似的，连特技都不用做！看着挺神奇的，可就是不能用！"

导演这才下定了决心，把内蒙那匹白马接到剧组来！这回，红马又被真正的白马代替了。

"小白龙"的替身

我们还曾经借过一匹马，这马和我的关系很好，就是差点要了我小半条命去。

当时我们在福建进行拍摄，内蒙那匹白马还没进组，就在当地借了一匹差不多的白马。这匹马可是大有来头，它曾经参与拍摄过一部叫《梅岭星云》的影视作品，更是陈毅副总理骑过的坐骑，一直在福建军区养着。我们借马的时候，是两个小战士亲自送来的，对它十分宝贝，生怕我们亏待了这马。我就和两位小战士说："你放心，剧组里的马都是我在代养，我一定把它当哥们儿对待，绝不让它受委屈！"听了这话，两个小战士才露出了笑容。后来拍摄期间，这匹马就暂时跟着剧组了。我也兑现了我的承诺，把这匹马当宝贝一样养着，很快，我俩就混得很熟了。

拍完了一段戏，剧组要转场。另一个景儿在几十公里以外的地方，我们坐车去，还专门找了一辆大卡车拉着白马一起去。

所有人都上了车之后，就看着两个小战士，一个用小鞭子在马屁股后面抽了几下，另一个在前面拉着白马。我立刻跑过去："哎！你这是干吗？"那人说："这马死活就是不上车！"我说："没事，你给我！"

二师兄与小白龙

　　我就拉着马儿往别处遛了一圈，边走边和它说："师弟，怎么着？咱们要转场，让你上车，你不高兴是不是？"它似乎也是听得懂的，鼻子打了一下响鼻儿作为回应。然后我说："走！咱去跑一跑！"我翻身上马，两腿一夹，马儿立马欢快地跑了起来。"噔噔噔""噔噔噔"，马蹄声清脆极了，风把马儿的鬃毛吹起来。我俩一转弯，上了一条乡间的小路。路不宽，仅可容纳一辆车行驶，路的两边都是稻田，绿油油的望不到边。稻田和小路有点高低差，马路高出稻田一米左右，我们开心地徜徉在绿色的海洋中，好像整个世界都在我们脚下。

　　可跑得正欢的时候，白马突然给我来了一个急刹车，"噔"地一下就把我从马背上扔了下去，围观群众一片笑声。

当时我脑袋还是蒙的，等我回头一看，自己就挂在路和田的边上，再用力一点，或者要是我没抓牢地面，就可能掉下去了。等我爬起身，再仔细一看，这片地里种植的正好不是水稻，不知道是什么作物，已经收了，只剩下光秃秃的尖尖的秆子，有手腕那么粗。登时我整个人被吓出了一身冷汗。

我回头又气又无奈地和马说："这回你出气了吧？我可差点掉下去！"它就站在那儿也不跑，大眼睛怔怔地看着我，然后像是在笑一样，龇牙咧嘴的。我翻身再次上马，往它屁股上一拍，马儿踢踏踢踏地跑了起来。

车上的人们听见"噔噔噔"的马蹄声都张望着，看着我骑马回来，到了樘板前，我也没下马，直接骑着马就上了樘板。大家都高兴地说："你可真行！"我笑着说："你们哪知道，这家伙脾气可大着呢！这不，还把我扔出去了！"说着，我给他们指了指我浑身的灰。众人都哈哈大笑起来，车子也发动了。在轰隆隆的汽车声中，伴着橘黄色的夕阳，我们转往下一个拍摄地。

来自外国的"小白龙"

随着拍摄的推进，西天取经之路到了泰国。到泰国拍戏是不能把马带过去的，我们只能在泰国当地挑选马。当时我们找到了泰国的军方，军方听闻我们是《西游记》剧组，立马答应下来，然后带我们到了仪仗队。我们在那儿看到一溜雪白的高头大马，明显比国内的马要高一大截。在国内，我一般都可以把脸贴到马的脸上，我就经常抱着我们的"小白龙"。对泰国的马就没有办法做这个亲昵的动作，它们高过我头顶一大截。不过泰国的军人也很高大，他们把马拉过来的时候非常帅气。马拉过来之后，我们发现确实太高了，连唐僧都有点没法骑。但没办法，最终我们也只能选择了其中一匹作为"白龙马"。

拍摄时，唐僧和猴子走在前头，我牵着马走在后边。我一牵马，它不跟我走，甚至还四处躲避。它可能是认生，我猜更有可能是害怕，这马心里肯定在想："牵着我的是什么东西？神头鬼脸，瞅着眼晕害怕！"可是拍摄时牵不走这个马可不行啊！我就赶快把翻译叫过来，我和他说："拜托您赶快把士兵找来。"士兵来了之后，我让他牵着马走一圈，我仔细地看着听着，这才恍然大悟：我赶马的时候小声地叫着"驾"，停的时候喊着"吁"，这是咱们中国人赶马的方法，可人家这是泰国马啊，哪能听得懂中国话！我听着士兵喊了两声泰语，这马就开始走了。我就简单地记住了大概发音。

过了一会儿导演喊"开机"，唐僧、猴子先走过去，我牵着马把刚才现学的泰语一说，它还真就跟着我走了起来。这条就这么顺利地过了。等我再去牵马的时候，这马明显没那么抵触了。我抚摸着它，一顿夸奖，不知道它能不能听得懂！

拍完之后，我和导演说："导演您看见没有？咱这'小白龙'还懂泰语呢！"

烈火炼真金

　　《西游记》中，火焰山是取经之路上的必经之地。实际上，火焰山位于我国新疆。话说火焰山是由于孙猴子当年踢翻了太上老君的炼丹炉，炉里的火掉到此处，形成了火焰满山的情景。凡间的灶火用水、用土都能熄灭，而此地的火唯有铁扇公主的芭蕉扇才能灭掉。于是就有了接下来铁扇公主借给孙猴子假扇子，使得火焰越扇越旺的情节。而这一神话中的情节也实实在在地祸及了我们。

　　导演当时要求不仅环境要着火，我们身上也要有火。所以除了孙猴子，猪八戒也是被火烧到的。

　　为了实现"引火烧身"这一危险镜头，道具组做了好多试验，最终确定将石棉布穿在身上作为保护。把石棉布一对折，剪出三个窟窿，两侧缝起来，就做成了一个简易的保护服。可是石棉衣实在难穿，上边有好多硬硬的纤维，非常扎人。而且我对这个东西有点过敏，连着好几天浑身都又红又痒。

　　一切准备停当后，把凝固汽油涂在我们身上，便准备开拍。虽然做好了防护措施，可是大家心里还是忐忑不安。我为了活跃气氛，以一种悲壮的语气对大家说："你们这时候有仇的报仇，有冤的报冤，把我们当出气筒吧！"大家本来都举着火把严肃地站在周围，结果一听全都哈哈大笑。

导演一声"开机"，火把往身边一放，火苗"嗖"地一下就烧起来了。没想到这火一点就有些控制不住，直接燎到了我的眉毛，我隐隐地闻到一股子焦煳味。但已经开拍了，我只能强压着心里的害怕，在场景里来回狂奔。等导演一喊"停"，我立马一个蹿跳滚进旁边挖好的小土坑，大伙儿赶紧拿铁锹哗哗地往坑里填沙子灭火。随着沙子哐哐哐地堆到我身上，火终于灭了。等我好不容易爬出来，一边往外倒衣服里的沙子，一边还不忘打趣："这怎么跟活埋似的呢！"大家看着灰头土脸的我，全都笑了起来。本来紧张的气氛，又在欢声笑语中消散了……

《西游记》拍摄到第三年的时候，有人说《西游记》剧组整天就是游山玩水。财政部派专人到剧组检查工作，调查员与剧组人员同吃、同住，同到现场感受，最后得出的结论是：这是一个战斗的集体。同时建议应该给我和金莱每月15元的补助

人造天宫

　　那个年代没什么特效，我们也不是什么大制作，拍摄的经费只有那么多，为了最大限度地利用现有的资源，尽最大可能去呈现最好的效果，我们不得不用一些土办法去完成场景的布置。

　　比如天蓬元帅和孙悟空在天庭打斗那场戏，怎么才能让云雾缭绕的效果更逼真呢？最早我们用干冰加水来充当云雾，发现很快就流失完了，效果并不理想。当演员做大幅度的动作时，裸露的地面会出现在镜头里，那就等于穿帮了。怎么解决这个问题呢？大家你一言我一语的，谁也不知道到底应该怎么办。这时候，有过拍摄经验的人就提出来，可以加点氧气进去。既然想不出更好的主意，就只好先试试这个办法可不可行了。我们把干冰放置在定点，打氧气进去，可是这样的云雾给人的感觉还是不够真实。有人就提议浇点水进去，把水洒在干冰和氧气上，可以让水汽增多，制造出云雾缥缈的感觉。

　　戏拍到一半，问题又来了：这样制造出来的云雾持续时间太短暂，没多久就散得差不多了，为了赶时间拍出来的戏可能影响质量。正当大家都愁容满面的时候，场务找来闲置的木板，隔出了一个空间，让场景保持的时间更长一点。这样，"云雾"刚好没到膝盖那么高，人在里面打斗、移动的时候还能蹚开，天宫的质感自然而然就浮现在镜头前了。

就这样，我们把"急中生智"变成"集中生智"，事实证明，办法总比困难多，虽说是土办法，但却成就了《西游记》里真实的天宫打戏。

那个时候剧组的每个人都尽心尽力地完成每场戏，不光是导演、演员，就连其他工作人员也都跟着吃了不少苦头。导演要求高，演员也想着用最好的状态去表演，场务更是尽职尽责地完成自己的任务。我记得很清楚，有一场"云雾"中的打戏，差点儿就出了事故。

剧组里有位场工，大家都管他叫大李。他个头高高的，人也憨实，别看个子大，心思可细着呢！有一次刚布完景，干冰都已经铺满了场地，氧气瓶也开始往里面输氧了，他浇完水正在巡视检查，看有没有遗漏的地方。导演正要准备拍摄，一抬头看见还在布景里的大李，就有点急了，喊道："你怎么还在里头？赶紧想办法出去，要不然你就进到画面里了！"可这时候离开是来不及的，浇完水的地面太滑，他走那长长的一段路容易摔跤，所以他干脆就地趴下了。导演看画面里没有人了，就下令开始拍摄。我和孙悟空这一打就是五六个回合，一条拍完后，导演说趁烟没散，咱们再来一条。等到导演喊"停"，说效果不错时，众人才想起来这云雾里还趴着个人。我心想不妙，这"云雾"里到处都是干冰，氧气又少，人在里面趴这么长时间恐怕得窒息。

但是这云里雾里的什么都看不清，也不能没头苍蝇似的乱找，就先拆了木板让干冰加快散开。说来也怪：你需要它聚在一起的时候，它就像跟你作对一样，偏要撒欢儿满地跑；你希望"拨开云雾见天日"的时候，它又变得不紧不慢不慌不忙。可是时间不等人，救人就等于和时间赛跑，一刻都不敢耽误，多耽误一刻，大李就多一分危险。拍戏的时候我们都小心翼翼地怕滑倒，现在也顾不得那么多了，但是在那种看不清路的情况下，又怕不小心踩到他，我们只好弯下腰用手去摸索。过了不一会儿，就听见组里的一个工作人员喊："在这儿呢！"大家全都涌过去帮忙把人抬出来。

我们把人翻过来一看，他嘴角都开始吐白沫了。大家都吓坏了，急忙叫了救护车，一直掐着人中直到救护车赶到。当我们把大李放上担架往救护车上抬的时候，他抬了抬眼，半睁着眼皮，尝试着从担架上坐起来，嘴里嘟嘟囔囔地说着什么，声音也有点发哑，凑近了听才能听清他说的是"我没事"。可大家哪放心啊，直到医生给做了几个基本的检查，确定身体真的没什么问题了，我们提着的这口气才算放下来。

敢问路在何方？

山路十八弯

　　孙悟空一个筋斗能翻过十万八千里，但我们的西天取经之路可不是一个筋斗就能轻松完成的。尤其是山路，民歌里总唱山路十八弯，可在20世纪80年代，我们国家很多偏远地区还没有修公路，夸张点说，那云贵高原的崎岖都能顶得上九十九道弯。

　　我们挤在一辆中型的面包车斯考特里，那是我们唯一的交通工具。山里的路况时好时坏，遇到颠簸的路，为了安全起见，车速只能保持在每小时二三十公里，车子晃晃悠悠地缓慢前行，那种感觉就好像虫子爬行一样，一扭一扭的。我们坐在边上的人紧抓着车顶的扶手，坐在中间的人只能挤在一起保持平衡，一不小心就容易一边倒。过了很久，我们才走了不到一半的路程，再这么磨蹭下去的话，天黑之前就赶不到目的地了。在山里一旦入了夜，路就更加难走了，我们要想赶在日落前抵达目的地，车速至少要加到每小时 70 公里。我们的车行驶在蜿蜒曲折的山路上，呼啸而过的风刮得人心里发毛。遇到坑坑洼洼的路，一车人全

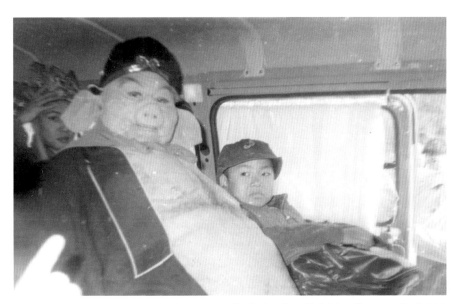

这就是剧组唯一的交通工具——一辆中型的面包车，每次转场，大家都挤在这辆车里

都被颠起来，我的屁股离开了座椅，脑袋好像要跟车顶来个亲密接触。而到了要拐弯的时候，司机轻踩刹车，众人一起前倾，我的脑袋迎着前面的椅背就撞上去，等车速稳定下来，又一下子闪回座位上，磕得人后背生疼。

我的"师父"迟重瑞坐在中排，他扶着前排的座椅，听见车底下传来的响动，觉得不对劲，就让前面的人传话给司机："你告诉司机，让他把车子慢慢地停下来，车底下声音不对劲儿。一定要慢，不能心急，千万不能急刹车。"

随着车速慢慢降下来，车底下的响动也越来越清晰。我们不知道发生了什么，但看迟重瑞严肃的表情我就知道这个事情不好办，车上的气氛也紧张起来，大家都屏息凝神，只听见窗外呼啸的风声和车底下那异常的声音。我的心紧紧地揪着，生怕出什么差错。

车子慢慢地在半山腰停了下来，大家伙忐忑地下了车，循着地上的痕迹看过去，发现车的油箱儿乎脱落，已经在地上拖行了很长一段距离。油箱底下磨出一个大窟窿，出发之前加满的油漏了一路。大家全都吓出一身冷汗，这种劫后余生的感觉让每个人都沉默不语。幸好迟重瑞发现异常及时地提醒了司机，才救了我们一车人。一旦司机在不知情的情况下急刹车，哪怕有一个微弱的火星迸出来，车就会爆炸，我们所有人的辛苦努力甚至生命都将面临威胁——连车带人从山崖上滚下去，生存的概率儿乎为零！

过了很久，大家才从刚才的惊险一幕中缓过神来。紧接着又开始发愁怎么继续前进的问题：这可是半山腰，在这前不着村后不着店的地方，油要是漏完了可没有补给站啊！我们停留的位置距离下一个补给站还有几十公里，要是掉头回去也要二三十公里，剩下的这些油肯定经不住漏啊！大家伙纷纷献计献策，又屡屡被否定，眼看着天色要暗了，我们的讨论也陷入僵局。这时候，一个曾经开过大卡车的演员提出来用肥皂糊。说只能用肥皂，女演员们的香皂还不成。男演员们一个个面面相觑，大家伙把自己用的肥皂都凑出来，还怕不够用，只能先试试看了。把肥皂用水泡软了，用手攥巴攥巴，把黏稠的肥皂糊在洞上，勉强堵住了这个洞。至于这个办法到底管不管用，谁心里都没底。

司机先小心翼翼地缓缓开了几米，大家死死盯着油箱，从原来咕嘟咕嘟地漏油变成了滴答滴答地滴油。我们又找了一截铁丝，把它结结实实地捆在油箱上面，以防万一。就这么凑凑合合地开了很长一段路，才来到下一个补给站，司机趁大家休整的时间换了一个新的油箱，把车子仔仔细细地检查了个遍，排除了安全隐患，又到加油站把油加满，大家才重新上路。

当车再次行驶在这条山路上时，我紧张的心情舒缓了不少，开始重新审视起这条路，发现山里的景色其实非常美，我看见晚霞从云层中透出来几束柔光，就好像几道金灿灿的佛光笼罩着我们。我想，没有什么事比劫后余生更令人庆幸的了。

山间风雨，难阻赶路

让我印象深刻的还有一次在长白山的拍摄。关于那个地方的神话传说有不少，所以我总觉得那片山区有一种神秘感，更像是引人向往的秘境。可没想到的是，大自然给我们的第一个"礼物"就让我们尝到了苦头。

那一年吉林刚好发大水，引发了洪灾。我们从桦甸出发，走到一半路程的时候，山洪突然倾泻下来，眼看着前面的大卡车一瞬间就被冲下去了。原本好好的山路突然被横在眼前的洪水阻断了，可这条路是我们通往目的地的唯一道路，我们别无选择。车里还装着我们的设备和资料，我们的全部家当和身家性命都搁在这儿了，往后退就会半途而废耽误时间，继续往前走又危险重重。剧组里的同志有老有小，年长的有郑榕老师这样的老艺术家，年纪最小的也就刚上四五年级的样子，剩下的就是我们这些年轻人了。大家伙想来想去，决定把孩子和年长的演员留在车上，其他人下去探路。

山洪比想象中来得更凶猛，我们把裤子挽到大腿上，小心翼翼地探脚下去，洪水的乱流卷着地上的沙石擦过我们的皮肤，有时候一阵激流涌来，我们只得互相搀扶着才能勉强在洪水中立足，顺着车前进的方向往前探索，把车子从洪水冲破的路段一点一点往前引。我们不光要注意脚下的路，还要小心旁边山体滑落的石子。甚至有一段路有塌方的迹象，车子到了这个地方就开始打滑，我们只好找铁棍啊、木棍啊，或者别的东西把车轮给别过来。人的力气不够大的时候，就只好找另一辆车把它拽回来。狭窄的山路本就难走，我们不得不穿梭在洪水中躲避乱石，以防车轮被卡在石头间。行走在山谷间，两边葱茂的树跟着咆哮的风一齐怒号，再繁茂的树也经不住狂风骤雨，它不得已折下了腰。它这一折不要紧，倒是给我们造成了不小的损失，只见它半个身子搭在了车上，车的挡风玻璃被这么沉重一击，顿时裂了一道缝。我们还没来得及喊前面的车停下，就见那玻璃一下子裂得如同一张蜘蛛网，透过玻璃再看车里

拍摄中途遇雨是难免的，荒山野岭也没个避雨的地方，
大家只能各自想办法，等雨稍小后再开工

的人，就仿佛是等待被享用的食物。突然间，这个"网"撒了下来，砸在车头上。玻璃零零碎碎地散落一地，我们都愣在了原地，好好的车就这样变成了"敞篷"？这始料未及的状况可真是打了我们个措手不及。

"屋漏偏逢连夜雨"，挡风玻璃坏了的同时，天又下起了雨，老天爷真是拿我们当成了那师徒四人啊，要在我们"取经"的路上给我们设置重重考验。车子没有了挡风玻璃，还要在洪水里往前缓慢行驶，像极了一条搁浅的鱼张着嘴在垂死挣扎。雨从碎了的挡风玻璃洒进来，司机反穿着雨衣，脸上的雨水和汗水混在一起往下淌，他不敢分心伸手去擦，全神贯注地控制着方向盘，副驾驶的人给他擦着脸。因为车里的设备不能让水给泡了，我们就把车门打开，我在司机后面用一个扫把随时把水都扫出去。

集体的力量是无穷的！在那种艰难的环境下，我们每个人各司其职，各尽其力，没有一个人气馁或放弃，就这样一步一步走到了长白山。我们每个人都为此深感庆幸，也为每个同生共死的伙伴感到骄傲。

有雪有雨有太阳

在《西游记》拍摄期间，我们一年四季都奔波在路上，可以说是踏遍了祖国的万里山河，看遍了祖国的大好河山，也经历了各种风云变幻。

还记得在乌鲁木齐时，阳光十分耀眼，导演说，我们路过白杨沟，正好去取个景。没想到大山里的天气反复无常，刚刚还是晴空万里，过了不一会儿，整个山区一下子都被云遮住了，气温骤降，冻得我们直打哆嗦。再一抬头，小冰碴已经落在了脸上，凉飕飕的风一吹，我的牙齿都打战。我一个练过武的人都有些招架不住，更何况组里的老老少少？我们赶紧加快速度赶路。车窗上结的冰晶一点一点厚实起来，后来又有几朵雪花落在上面，看着倒是别有一番情趣。可这雪越下越大，最后竟飘起了鹅毛大雪。等我再抬眼看向窗外时，已经是白茫茫的一片天地了。

最有意思的是闫怀礼。他有个怪癖：按照月份牌（日历）穿衣服。比如立冬那天，甭管外面有多热，他准把棉袄拿出来穿上；立夏这一天，就算外面还是春寒料峭，他也会穿一件半袖出门。而在新疆，虽然还是十月份，但是已经和冬天的温度差不多了，但老闫还穿着很单薄的衣服，冻得嘴唇发青，浑身打战。

有一个当地的老大爷用不太流利的普通话问我们："这个人是不是有毛病？"

我们说："没毛病啊。"

老大爷说："那这么冷，他为什么不穿衣服？"

在途中，我们就着"雪"这个话题聊得津津有味，你一言我一语的，在这冰天雪地里营造出了热闹的氛围。就在大家聊得正起劲的时候，车忽然向下坠了一下，停在了路上。车里叽叽喳喳的声音戛然而止，司机下车去查看，发现车轮陷进了沟里。他上来重新发动了车，只能听到发动机的声音，却不见车挪动一点。

幸亏这个沟不算深，我们每个人都下了车，看着前轱辘已经陷在雪里一半了，我们大家只能靠人力把它抬回道路上去。力气大的站在前面抬车头，力气小的抓住车底加把劲，我们这么一拽一拉，嘴里喊着"一！二！起！一！二！起"，就像小时候拔河比赛一样，大家喊着口号，劲儿往一处使，终于把车子抬了上来。就这样，我们一路停停走走，才到了吐鲁番。

真真是佛祖庇佑

《西游记》拍完 30 多年了，每次回忆起拍摄过程中的艰难险阻，我心里那种又"惊"又"喜"的感觉都很强烈。可是，此"惊喜"非彼"惊喜"——"惊"是心惊肉跳的惊，"喜"是历经磨难九死一生的喜。

我们的拍摄过程真是险象环生，如同师徒四人经历的九九八十一难。记得杨洁导演曾经说："咱们的拍摄历时六年，总是可以遇难呈祥，这难道不是冥冥中有佛祖保佑吗？"

在这长达六年的拍摄时间里，总会有各种各样的问题横在面前。你永远想象不到前面挡着什么样的妖魔鬼怪，能做的只是奋勇向前，和恶劣的自然环境做斗争，向艰难的拍摄过程发出挑战。一次又一次地遇险，谁也不知道下一次还能不能侥幸逃脱。

有一次是在九寨沟，我们走到半路遇上了塌方，只好绕道走。但是那个地方受塌方影响正在掉碎石块，车子通过的时候能听见石头砸在车顶上的声音，当时觉得还挺新奇的。等通过以后才觉得后怕，因为当我们的车子刚驶出那一段路，就听见后面"哗啦哗啦"地掉下一大堆石头，直接把路给堵上了。那个时候心里真有一种回不去的感觉。

1987年12月12日，《西游记》最后一个镜头拍完，全剧杀青于军艺礼堂

也别说，要不是道路塌方，我们就遇不到李恩琪老师了。李恩琪老师是 20 世纪 30 年代的老艺术家，在《霓虹灯下的哨兵》《东进序曲》中扮演的林乃娴和九姨太，都给观众留下了深刻的印象。

当时我们在九寨沟五花海湖边搭景，拍摄一组蜘蛛精吐丝包裹茅草屋的特技镜头。李恩琪老师当时正好到九寨沟旅游，因为道路塌方所以多留了几日，看到我们在拍摄《西游记》，便主动请缨参与拍摄。

杨洁导演是李恩琪老师的铁杆粉丝，听李老师提出要参与《西游记》拍摄，既高兴又为难，因为李恩琪老师当时已经年近七旬，剧中已经没有合适的主要角色了。李恩琪老师当即表示："小角色也没问题。"杨洁导演这才放心，让李老师出演了黎山老母化身的这一角色。

现在想想，也许就像唐僧师徒四人一样不走回头路，那种明知山有虎偏向虎山行的冲劲感动了佛祖吧！如果不是因为大家有种不服输、不认命的韧性，我们的拍摄也不会顺利完成。我们相互扶持走过了这六年，不光是《西游记》成就了我们，也是所有为之付出的人成就了这部经典。

既然选择了这条路，就没有遇见困难就回头的道理，我到现在都不后悔当初所做的这个选择。人生总要经历这样那样的苦难，但只要心怀信念，团结一心，总是能遇难成祥的。或许，真的是应了杨洁导演的那句话——这就是佛祖保佑啊！

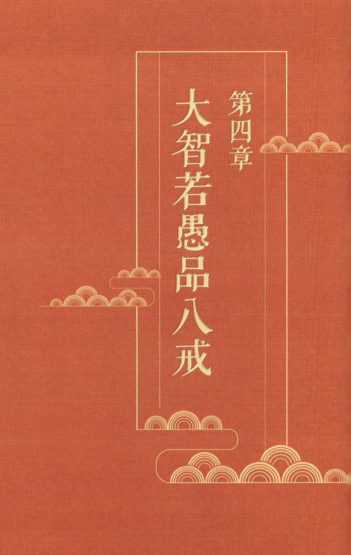

第四章

大智若愚品八戒

猪八戒的身上其实有着每个普通
人的影子。正因为大家在他身上
看到了那种不完美,才让更多人
喜欢上了猪八戒。

集小人物之长短

其实当年在饰演猪八戒时,我是很纠结的。杨洁导演要求我塑造的猪八戒要拟人化,因为猪八戒的身世,本是"敕封元帅管天河,总督水兵称宪节",掌管天河十万水兵的天蓬元帅,由于贪杯醉酒,被打下凡尘,误打误撞投了猪胎,才造就了猪八戒后来"猪头人身"的样子。所以猪八戒本身就是"神""猪""人"这三重身份的糅合,对角色的拿捏有一定难度。

在角色的塑造上,我的戏曲老师郝鸣超先生曾语重心长地跟我说过:"你可不能把八戒演偏了。"老师的这句话说得我有点犯蒙,心里一直琢磨着怎么才叫演正了。所以我捧着《西游记》这部小说反反复复地看,揣摩猪八戒的人物形象,在拍每一场戏时边演边琢磨,久而久之,我对猪八戒形象理解的雏形也就慢慢出来了。

取经团队里:唐僧是如来座下十世金蝉子转世,一出生就自带光环,一路上各种妖魔鬼怪都想吃他的肉练就长生不老之体;孙悟空是大闹天宫的齐天大圣,是武艺高强、疾恶如仇的大英雄,而且他还有一根定海神针——如意金箍棒,上通三界,下震九冥,连神佛都敬之三分;沙僧前身是玉帝身边的"私人保镖",是护卫玉帝等人的最高统领——卷帘

想当年，俺本是天蓬元帅，吃醉酒出了错，被打下尘埃

大将。他一路上话虽不多，但是讨了个任劳任怨的好名声，一路上兢兢业业为师父挑行李，鞍前马后地辅佐团队；就连化为骏马的小白龙之前也是西海龙王的三太子，"龙二代"，俊俏得不得了。细数下来，团队里唯独猪八戒生了个"黑脸短毛，长喙大耳"的皮囊，落得个好吃懒做的名声，基本上把丑、懒、呆、馋、色等各种缺点都占全了。

在民间，猪始终是难登大雅之堂又为人们所熟知的动物。再看看猪八戒所使用的武器——九齿钉耙。钉耙是什么？一种再平常不过的农具。所以，猪八戒算是中国神怪小说里头为数不多的几个不避讳缺点的正面形象，他的这种形象最接地气。

其实谁都看得出来，就算猪八戒有一身缺点，但他还是一个讨人喜欢的角色。我一直在琢磨，为什么这样一个全身都是缺点的形象会这么让人喜欢，后来在演的过程中我才慢慢发现，猪八戒的那种接地气的性格其实是最真实、最善良的，毫不矫揉造作。他的身上其实有着每个普通人的影子，正因为大家在猪八戒的身上看到了那种不完美，看到了他很懒、有拖延症、贪吃、好逸恶劳，在情欲和事业上很纠结，才让更多人喜欢上了猪八戒。

实则大智若愚

在我看来，其实猪八戒并不笨，他是大智若愚。

就拿《西游记》第11集里遇到黄袍怪那次来说，唐僧撵走了孙悟空，黄袍怪很轻易地抓走了唐僧。猪八戒很有自知之明，知道自己一定打不过妖怪，所以必须要把孙悟空搬请回来。其实八戒心里也有算计，他知道硬劝肯定劝不回孙悟空，所以只能智激！他来到水帘洞，找到孙悟空，编出一通妖怪骂他是弼马温之类的谎话，猴子一时性急，果然中了八戒的激将法，赶回来找那妖怪拼命！

可以说猪八戒对孙悟空的性格是拿捏得很到位的，虽然他表面上看着呆头呆脑，但实际上对其他人性格的把握却很到位，也极有自知之明。这样一个心思缜密的人，怎么能说他笨呢？

我一直对《智激美猴王》一集中八戒的塑造有一个小遗憾，因为大家都着急看孙悟空回来和黄袍怪大战的场面，但却少了八戒的一个镜头。我觉得应该拍上猪八戒计谋得逞后，躲在角落里捂嘴一笑的镜头，因为这一笑，八戒的那种小聪明就完全展现出来了，观众就会记得：哦！原来在这一集中，八戒不笨啊！

一个胖子的尊严

　　很多人都说猪八戒贪吃，嫌弃他吃人参果的时候囫囵吞枣，味道都没尝出来就整个下肚了。但是别忘了，小说里面对猪八戒刻画的形象本来就是一个腰圆膀大、肠肥肚圆的胖子，食物的需求是这个身材最基本也是最无奈的保障。

　　在我看来，猪八戒是能吃，但却不是贪吃。他不挑好挑坏，不挑肥拣瘦，上至国王盛情招待的饕餮盛宴、玉盘珍馐，下至平民百姓端上来的粗茶淡饭、残羹冷炙，他统统都不嫌弃。只要能填饱肚子，满足一个胖子最基本的生理需求，他都能接受。所以，八戒不矫情，他的能吃，是作为一个胖子来说最基本的尊严。

一缕红尘埋心中

从猪八戒的爱情故事来看，他就是一个色大胆小之辈。

嫦娥——广寒宫里的寂寞情人

在大家的眼里，貌美的嫦娥算是他的初恋。但是在他自己眼中，恐怕嫦娥只不过是他的寂寞情人。

当年的猪八戒还是天蓬元帅，统领八十万天兵天将，在天庭也是个位高权重的大人物。可是他偏偏看上了嫦娥这个冰美人，原文中写道：

见她容貌挟人魂，旧日凡心难得灭。

全无上下失尊卑，扯住嫦娥要陪歇。

再三再四不依从，东躲西藏心不悦。

色胆如天叫似雷，险些震倒天关阙。

天蓬元帅被嫦娥的美貌所吸引，触犯天条，
因而才被打下凡尘

　　毕竟爱美之心人皆有之，天蓬元帅几百年来都没见过这么貌美的女
子，借着酒劲跑到了人家广寒宫，对着抱着玉兔的嫦娥胡言乱语了一通。
这事传到了玉帝的耳朵里，正在处理公文的玉帝拍着桌子哗地一下跳了
起来。勃然大怒的玉帝，直接以调戏嫦娥的罪名，让天兵天将抬着他一
把丢入了人间。结果没承想，天蓬元帅神仙做不成，做个人也不能如愿
以偿，扔他的时候没人留意，一不小心把他丢进了猪圈，孕育出这么个
"猪面人身"的怪种。于是此后几百年，天蓬元帅就变成了猪刚鬣，受

人鄙夷，遭人白眼。

　　这就是他对嫦娥的感情。其实他根本不敢做什么，就算爱上了嫦娥，也无非就是跑到广寒宫和人家东拉西扯，但最终他还是为这段不该开始的感情付出了代价！所以说猪八戒就是色大胆小，如果时光可以倒流，问一问八戒："若你早知如此，当初还会喝下那二两琼浆跑到广寒宫和嫦娥一吐真心吗？"想必八戒也一定是感慨万千、唏嘘不已吧！这位当年叱咤天庭的堂堂天蓬元帅，最终还是被一缕凡心扰了余生。

高小姐——高老庄的一缕红尘

　　下了凡以后，猪八戒还是色心不改。在高老庄的时候，他看见有人抢亲，便路见不平拔刀相助，化身一个壮汉，把那些抢亲的歹徒都打得七零八落。歹徒逃走后，他看到了轿子里的高小姐，一下想起了嫦娥，心里一震，顿时心生爱意，便想留在这高老庄。高家老丈人看在猪八戒是女儿救命恩人的分上，便将他收留府中。

　　留在高老庄的八戒为了讨老丈人的欢心拼命干活，一个人能顶十个人的劳动力，高家人看着自然高兴，将高小姐许给了他。结果八戒在宴席上又因多贪了几杯酒，一下子现出了原形。高家人看到了龇牙咧嘴的猪八戒，吓得四处逃窜，这下别说是招赘聘女儿，就算是继续把这样一个怪物留在府中都是不可能的事。八戒看到了高家人变脸如此之快，觉得自己受了委屈，便一不做二不休地赖在了高家。直到后来唐僧带着孙悟空途经此地，才彻底将猪八戒收服，"押"上了漫漫取经路。他和高小姐的感情也是不善而终。

在这件事中，虽然表面上看猪八戒赖在了高家，有点流氓无赖的感觉，但他和那群抢亲的土匪最大的区别就是，他没有看到如花似玉的高小姐就强拉硬拽，反而是帮着高家制伏歹徒，后来他也是想要凭借自己的实力博得老丈人的欢心。

猪八戒喜欢嫦娥，喜欢高小姐，甚至可以说他就是喜欢这一类型的漂亮女孩，他也知道自己的模样丑陋，很难得到人家的芳心，但他不去巧取豪夺，也算是"君子爱色，取之有道"吧！

其实猪八戒很专一，很痴情。他在天庭爱上了嫦娥以后，就义无反顾地跑到嫦娥面前表白，作为天蓬元帅的他不会不知道这样是触犯天条的大罪，但是他还是"酒壮英雄胆"，干了那二两清酒，在无情无欲的天庭中做了众仙不敢做的事。在高老庄爱上了高小姐，自从踏上漫漫取经路后，每次要分行李散伙，他别的地方不去，单单扬言要回到他的高老庄，为什么呢？因为高老庄有他心心念念的高小姐。就算遁入了佛门，还是有那么一缕红尘在他心里隐隐埋藏。

猪八戒好色，有时也是一种误会

猪八戒好色不假，但他到底好色到什么程度？有时也是一种误会。在第8集"四圣试禅心"时，四位尊神菩萨试探唐僧师徒取经的决心，化身成貌美女子让猪八戒撞天婚。结果八戒急了，直接口出粗言："三位姐姐我都摸不到，要不丈母娘您跟我算了。"就这样，四位菩萨知他痴心未戒，便罚他吊了一夜。

有人看到这个情节后，骂猪八戒真是饥不择食、来者不拒，简直就

《坎途逢三难》一集中，猪八戒摸媳妇的经典镜头，观众看了都忍俊不禁

是个淫棍。但我在反复揣摩人物性格的时候，发现其实不是这样的：猪八戒蒙着盖头摸了半天，一个姐姐也没摸到，被要得团团转，这时他有点急了，心里有些怨气，便对丈母娘要起赖来，说："要不然丈母娘您跟我算了。"这是他的一种撒娇耍赖的表现，并不是真的饥不择食。所以在塑造人物的时候，两种理解，一种淫邪，一种可爱，呈现出来的猪八戒就会有天壤之别。

正因为猪八戒身上的优点和缺点都十分明显，才显得他更真实，他是一个极强的矛盾体。正因为他将普通人身上的缺点和优点都集于一身，所以这样的猪八戒才让更多人喜爱。

没有八戒，完不成取经大业

我看到网上曾经有人说，取经团队里缺少了任何一个成员，这个任务就不可能完成。在中国人的观念里，从来不崇尚美国大片里那种个人英雄主义，中国人看重的是团结合作。

在取经团队里，唐僧是个中规中矩的核心人物。网上曾经有一个说法，唐僧如果没有三位徒弟保护，他就是一个野和尚。他的身上不仅具有出家僧人的一切特点，最重要的是，唐僧其实代表的是一种精神。他虽然是一个软弱的人，但是他也是意志最坚定的人，他三番五次被绑到妖魔鬼怪的洞穴里，离妖魔鬼怪的汤锅近在咫尺，而在女儿国，女王的美貌和一国之富也没有让他放弃取经之路。他的这种锲而不舍的精神正是取经事业得以成功的精神核心。

如果唐僧是意志的化身，那么大师兄孙悟空就是力量的化身。在这个团队里基本就没有他做不到的事：打不赢的妖魔，放着他来；辨不出的鬼怪，放着他来；请不来的众神诸佛，放着他来。好像一切的一切在孙悟空这个自带主角光环的角色面前都变得如此简单。他是万人赞颂的齐天大圣，也是人尽皆知的斗战胜佛。但是，如果孙悟空没有唐僧带领

在取经团队中，每一个人都有着不可替代的作用。虽然八戒一身缺点，但如果少了他，就不可能完成取经大业

他去取经，他就是一个野猴子。

而沙僧在这几个人里话不多，做的都是一些挑水化缘、缝缝补补的小事。但他兢兢业业，就像军队里的后勤主任。如果没有沙僧，就没人挑行李——唐僧太弱了挑不动，孙悟空急着打妖怪没有空，猪八戒好吃懒做，更不可能替代沙僧的位置。

小白龙则化作白马，一路上驮着唐僧，忍辱负重。如果没有小白龙，让唐僧徒步走的话，恐怕脚底磨穿也没办法走到西天去。

唯独猪八戒，是一个一路上犯错不断，遇到挫折就要散伙分行李、扭头要走的人，最后就算功德圆满走到西天也只被封了个净坛使者。但是猪八戒一路上都在起着调节的作用，他是凝聚五个人的向心力。他就算说了一百次要走，却没有一次真的离开，相反，孙悟空没有一次说要走，却离开了三次。每一次师父逼走了悟空，都是八戒想办法去找他。悟空不在的时候，八戒的九齿钉耙也让不少妖魔鬼怪丧了命。八戒自己虽然能吃，但是打了水来还是会毕恭毕敬地端到唐僧面前，说："师父您先喝吧！"猪八戒不是没实力，想当年他在高老庄和孙悟空大战六十回合方才怯力，人们把光环送给了孙悟空，却埋没了他身旁的猪八戒。

倘若你的身旁有一个神通广大又爱出风头的孙悟空，你也不会做首当其冲直面敌人的人。八戒是中和的，他其实在人生经验上很成熟，他会隐忍，懂得在孙悟空旁边做一个安安静静的副手角色。他看似平庸，含糊老实，可是关键时刻也能救师父于危难，与悟空联手斩妖除魔。就是这样一个角色，唐僧宠他一声"爱徒"，沙僧敬他一声"二师兄"，虽然有时候悟空会调侃逗他一句"呆子"，但是却依然能在危难时刻第一个予他援助之手。

守戒亦悟能

如果时空可以穿梭，岁月可以将过去和未来结合，那以八戒的性格来讲，他一定会回到他的高老庄。他想和他爱慕的高小姐喜结连理，就和所有普普通通的老百姓一样，向往着"老婆孩子热炕头"的小富即安的生活。

他要是不去取经，恐怕还是会闹得高家鸡犬不宁，以他莽撞的本性，他肯定会没好气地跟高家老爷大喊："你要是不让高小姐跟了我，你们一家子都别想活！你嫌我丑，我就给你变回来，一起过日子，多看两眼就够了，倒是该怎么吃怎么吃，该怎么喝怎么喝！"他肯定还是一个悠然自在、当仁不让的猪八戒。

当年他受观音点化，取名猪八戒，就是寓意戒掉出家人不该有的八种欲望：一、不杀生；二、不偷盗；三、不淫；四、不妄语；五、不饮酒；六、不着香华，歌舞观听；七、不得坐卧高广华丽的床座；八、不得非时食。因此，观音对他的希望就是能够在取经路上不断地战胜自己，把他的欲望不断地磨灭。而他的法号"悟能"也寓意唐僧希望他能通过修行进而守戒。只可惜他到最后虽然改变了许多，但是仍然没有完全达到这样的要求，所以他只被封了"净坛使者"，负责清理供坛上的剩余瓜果，既映衬了他没有成佛的事实，也表明了其实佛祖还是很喜欢他，也很厚待他，给了他一个油水满满的职位。

　　猪八戒的结局说不上圆满，但是他比其他人都活得自在潇洒。猪八戒看似肥头大耳平庸无能，但他才是生活中真正的大智若愚、大彻大悟的人。

第五章

良师益友伴我行

我这一生很幸运，遇到过许多贵人，他们总能在关键时刻扶我一把，才成就了如今的我。

杨洁导演：《西游记》的"定海神针"

以光之温暖呵护我

在我从艺生涯的六十余载中，要感恩的人，要说句谢谢的人，实在太多太多了。我这一生很幸运，遇到过许多贵人，他们总能在关键时刻扶我一把，才成就了如今的我。当然，在这其中，我最应该放到第一位感谢的，应该就是成就了我一生的杨洁导演。

没有杨洁导演，就没有央视版《西游记》，那也就自然没有今天的我。杨洁导演的央视版《西游记》成了几代人心中的经典，也同样带给了我很多足以改变一生的经历。

当我还是一个小演员，还是个一心想成为角儿的愣头小子的时候，是杨洁导演独具慧眼，把我从人堆儿里挖了出来，让我饰演了猪八戒这个角色，让我凭借这个角色的光环被人一记就是几十年。到现在，只要一提猪八戒，人们就能想起来我马德华。

其实回想过去，我还是觉得很像做梦。因为在此之前我只是个名不见经传的小演员，但是人人都知道《西游记》是四大名著之一。而在《西游记》中，猪八戒也是个很有分量的角色。把这么重的一个角色压在我身上，我当时真是又惊又怕，惊的是杨洁导演能看中我、赏识我，怕是怕演砸了。我当时心里一直嘀咕着，万一演不好，岂不是不仅丢了自己的人，还砸了猪八戒在观众心目中的形象？可是，就在我犹豫不决，进也不是、退也不是的时候，杨洁导演却突然一锤敲定了我，仿佛就是在告诉我："你一定能演好。"就是因为她这样推了我一把，我才真正说服了自己。

能把这样一个重要角色交给我这个从来没有参演过影视剧的戏曲演员，一般导演还真没有这样的魄力！

既是慈母又是严父

在片场，杨洁导演的的确确是绝对的领导者，她在整个剧组既充当着父亲，又扮演着母亲。扮演严父的时候，说话做事都十分强势，每次拍片找演员、找场地，统统都在她的计划和掌控范围之内。剧组出现的各种状况，基本都由她处理。她做起事来更是雷厉风行，绝不拖泥带水。我们在片场曾遇到过无数的困难，资金问题、环境因素，甚至是演员状况，大大小小不计其数，可是每一次杨洁导演都能成功化解。

杨洁导演身体并不好，拍戏的时候经常是带病工作，每次她生病都不吭声，拍的时候跋山涉水，淋雨受罪，她却从来不叫苦不喊累。每次拍戏的时候她都是以身作则，那时候我们要到某地拍摄，通常光坐汽车就要坐四五个小时。当时的条件很艰苦，坐的基本都是中巴车，像现在的房车、保姆车我们更是想都不敢想。

杨洁导演就像《西游记》剧组的定海神针，什么困难都能化解

我们每次到了目的地，基本都是放下行李之后，杨洁导演就马上亲自带队领着我们主创去采景，每次都必须在拍摄结束之后我们才能回到驻地。不仅如此，不管什么时间，哪怕是凌晨，我们回到驻地后的第一件事就是坐下来看回放，每个人必须要做的就是总结今天一天工作的成绩和不足，之后再确定新一天的工作计划。正是因为她的这种工作作风，让我在后来的拍摄、演出时，所有工作方面的事情都能够有条不紊地顺利进行。

《西游记》的拍摄过程真的是一波三折。最落魄的时候我们面临着央视撤资、请来的演员谈不拢罢拍、场地一换再换等一系列问题。最惊险的是因为当时特技特效还没那么先进，所以《西游记》所有的画面都是真实的，拍摄过程更是惊险重重，不知道有多少次大家差点跌入悬崖。当时我们全都心灰意冷，大家都在想：算了吧。但是杨洁导演却带着大家撑过来了，再苦再难，她都坚定地带领着我们把片子最终拍完。

为了一部《西游记》，杨洁导演不知道得罪了多少人；为了一部《西游记》，她差点连自己的命都搭上了。正是因为杨洁导演这样呕心沥血，这样心甘情愿地付出与奋斗，才使整部片子达到如此高的水平。央视版《西游记》之所以能够成为经典，不仅在于它的题材，更在于杨洁导演的默默付出。

另一方面，在杨洁导演强势的"大姐大"外表下，其实也有着一颗慈母般的悲悯之心。拍戏的时候，她把整个剧组当作她的家，为了这个家，她愿意奉献一切。对于剧组的每个成员，她都当作自己的家人。大到主演、摄像、服化道，小到一个群演，杨洁导演基本都能照顾得到，生活起居、大事小事她都会过问。这种体贴和关怀大概是只有在我还没拜师学艺的时候，躲在家里和母亲相处时才能感受到的吧！

我们把杨洁导演当母亲一样，有时也会跟她臭贫。这不，我喝多了
跑到杨导面前去表现，接下来没拍的画面是杨导狠狠地捶了我一顿

　　杨洁导演的关怀不仅体现在我们合作拍戏的时候，就是在日常的相
处中，她对我们慈母般的爱也渗透到生活中的方方面面。

　　有一次，剧组在拍摄空档期正好在北京休整，便委派我和六小龄童
去趟上海，参加一个叫作《大世界》的综艺节目，由杨洁导演带队。当
时我和六小龄童都是第一次参加这种娱乐性质的综艺节目，而且恰巧我
们要录制的那期还是纪念《大世界》开播第一百期的特别节目，所以我
们心里都特别慌，一点底儿都没有。杨洁导演大概是看出了我们的心慌，
为了让我们安心，她就特地选择坐在了舞台下面的前排观众席位上。在
拍摄之前她一直都在给我们打气，让我们放轻松。不仅如此，她还一直
告诉我们如何在台上讲话，怎么坐，怎么站，还给我们普及了不少应急

知识，例如遇到主持人提问该如何回答的小技巧。总之她就像一枚"定海神针"，有她在，我们的心才算彻底踏实下来。

　　除了在舞台上的帮衬，舞台下的我们也能时刻感受到她如阳光般的温暖。到上海的第一天，我们下榻在当地的一家酒店，因为当天车马劳顿忙活了一整天，所以大家都睡得特别沉。结果到第二天早上大概快八点的时候，我和金莱两个人还裹在被子里睡觉。这时候突然听到外面有人打门，一边打一边还在门口喊："快起！快起！两个懒虫！太阳都晒屁股了，快起来！"听到声音我和金莱迷迷糊糊睁开眼，揉了揉眼睛，清醒了几秒钟后马上反应过来这是杨洁导演的声音！于是我们"噌"地一下就从床上坐了起来，我抬手一看表，发现不好，已经八点钟了！我暗想一定会挨骂，所以赶紧一个骨碌从床上下来去开门。但让我们没想到的是，站在门口的导演不但没有气势汹汹地打算责骂我们，反倒像个母亲一样端着早餐站在走廊上。那顿早餐是我那段时间吃得最香的一次了！

　　那一期《大世界》是我和金莱与游本昌老师一起录制的，当时他是"济公"，我们俩一个是"孙悟空"，一个是"猪八戒"，这些角色在当时真是大红大紫。录的时候台上台下都很热闹，那期直播也非常成功，上海的制片方对我们的表现也非常满意，总之那次合作非常愉快。我想，这样的成功很大一部分原因都要归结于杨洁导演台上台下的悉心照料和温柔关怀。

　　杨洁导演在我们一起共事的这几年中，其实在我身边做出的都是一些细微举动，有时候是一句亲切的问候，有时候是对我提出的点滴要求，但是这些小举动却恰恰影响和改变了我的一生。

两位副导演：足智多谋小诸葛，运筹帷幄任凤坡

　　《西游记》剧组中还有两位副导演，也是执行导演，一位叫任凤坡，一位叫荀皓。

　　这两位副导演都是戏曲界赫赫有名的人物。任凤坡导演是中国京剧院的一位非常出色的武花脸，负责《西游记》中人物的形体塑造和场面调度。我们有很多武打动作、人物造型上的问题全都请教他。荀皓导演出身于戏曲世家，他的祖父就是中国四大名旦之一的荀慧生先生，他的父亲也是我十分崇敬的戏曲教育家。荀皓导演在剧组中素有"小诸葛"之称，非常有智慧和想法。拍戏过程中遇到解决不了的难题，大家首先想到的就是他。他们二位是杨洁导演的得力帮手，也可以说，没有他们二位，就不可能有今天我们看到的《西游记》中的经典场景。

我为导演添道"菜"

　　复拍《除妖乌鸡国》一集（前面曾经拍摄过《除妖乌鸡国》试集）

中，武打场景是我和李连杰的师哥董洪林一起设计的。他刚刚来到剧组，没有拍神话剧打斗的经验，便找到我，说："马老师，你得帮帮我。"随后我和他拿起兵刃，一来二去地比画起来，顺带着把分镜头脚本也写好了。我们拿着脚本去给任凤坡和荀皓二位导演看，任导看着我俩把武打设计演了一遍，说道："你是不是想把我们的工作也包了啊？我们都快没饭吃了。"

我赶忙说："哪敢啊？我就是给您添道菜，不爱吃您就扒拉开。"

大家哈哈大笑，任导又提了很多中肯的意见，把分镜头脚本修改了几稿后，直接送到杨洁导演那里。这才有了我们现在在荧屏中看到的《除妖乌鸡国》一集中，八戒和妖道打斗的场景。

剧组合影，后排左二是任凤坡副导演，右三是荀皓副导演

"小诸葛"点醒"猪悟能"

很多人评价我把猪八戒的贪吃、好色、胆小、诙谐演绎得活灵活现，其实要追根溯源的话，还要感谢荀皓导演。

荀皓导演是世家出身，经过、见过的艺术家比较多，用我们行里的话叫"参过真佛"，所以他对人物的塑造有很独特的见解。

在我刚饰演猪八戒的时候，我的启蒙老师跟我说过："你不能把猪八戒演脏了，演小了，你去多看看老先生怎么演吧。"我就反复地观摩学习李少春先生的弟弟——李幼春老师的丑角艺术，尤其是他演的《智激美猴王》中的猪八戒。可看过之后，自己去模仿、演绎的时候，还是觉得化不在身上。我就找到荀皓导演说："荀导，我对我演的猪八戒不是很满意，我觉得李幼春先生那版的不错。"

荀导听我说到李幼春老师，话匣子便打开了，对我说："李幼春的猪八戒演得确实不俗，让你看着很幽默，不去'洒狗血'，不去咯吱人。你看过裘盛戎先生演的《牧虎关》吗？为什么场场火爆？就是因为裘先生加了很多旦角儿的表演方法和唱腔在里面。"他看我听得认真，话锋一转："德华，你演过婆子（京剧行的术语，指一些年岁较大、行为滑稽的老太太）吗？"

我答道："演过，先生也教过。"

荀导说："那就好办了，你琢磨琢磨。猪八戒在做一些动作的时候，可以参考婆子的演法，把那种扭捏之态表现出来，就把猪八戒演活了。"

我听了之后恍然大悟，后来我在演猪八戒的时候，总是想到荀导的话，这才有了电视上那个即使小毛病一身却讨人喜爱的八戒。

郑榕老师：八个字指导了我的从艺之路

北京人民艺术剧院的元老——郑榕老师，不仅在《西游记》中扮演太上老君，而且还是这部剧的艺术顾问。

郑榕老师我就不必多做介绍了，喜欢话剧的朋友应该都熟悉他，他在《茶馆》中饰演的常四爷可谓入木三分。从老一辈艺术家的身上，我们更多受教的是对舞台的敬畏、对自己演的人物的热爱和平时为人的艺德。

郑榕老师和现在所谓的顾问不一样，他是全身心地投入拍戏中，从来不敷衍了事。每次我们在拍摄前都要开剧本讨论会、战前会，郑榕老师都会细致入微地给我们讲应该怎样把握每一个人物的心态。比如在《计收猪八戒》一集中，郑榕老师给我提了表现八戒的几个方面：

1. 猪八戒发现有强盗抢高小姐时，应当从人物动机上下功夫，表现猪八戒的义愤填膺、见义勇为。

2. 打退歹徒后，要见高小姐时，想到自己的容貌丑陋，切莫吓坏小姐，遂变成壮汉，表现其善良的一面。

3. 逼亲时，要把道理讲明："当初是我替你家赶走强盗，你把我

与郑榕老师合影。从老艺术家身上，既能学到演
戏的技巧，也能学到艺术理念和艺德

留下来。我为你家干了多少活计，对你家也无非礼行为，又是你自愿将女儿许配于我，现在又嫌我容貌丑陋，退掉婚约。"这样一来，人物更加立体。

4. 猪八戒背媳妇时，不可太出猪八戒的洋相，要真实，由猴子来反衬八戒。

另外，郑榕老师还对我提出了一点：切勿平均使力。不管是舞台剧还是电影电视，在塑造一个人物时，要有跌宕起伏，所谓"一张一弛，文武之道"。就这短短的几个字，伴随了我后来的整个从艺道路，成为我艺术道路的指导方针。

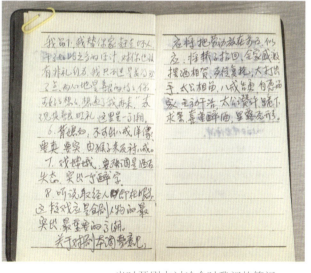

当时开剧本讨论会时我记的笔记

李丁老师：我愿平东海，身沉心未改

如果把我比喻成一棵树，杨洁导演是给我埋下了改变我一生的种子的人，那李丁老师就是给我修枝裁叶，细心打理，让我向着参天方向发展的园丁。如果杨洁导演是我艺术道路上的启蒙老师，那李丁老师就是我的指路灯塔。

没有李丁老师的悉心栽培和孜孜不倦的谆谆教导，就没有我在艺术上的不断进步。

在《西游记》播出一段时间以后，我有幸被李老师邀请到家里。他跟我说，中国话剧研究会计划让他们搞一个"喜剧实验部"，他希望我们大家能够有机会聚在一起，完全用学术性质的研究，对表演做一种研讨，研讨所谓"中国喜剧"应该是一种怎样的表现方式。我在听完李丁老师的提议之后眼睛直放光，当时我心里就在想，这不一直是我的兴趣所在吗！所以我当即就把近期外面所有演出拍戏的事情都推掉了，一心一意地跟着李丁老师在一起研究喜剧。

当时为了体会"中国喜剧"所具有的不同的表达方式，李丁老师特地为我排了五个喜剧小品，其中包括戏曲、戏曲小品、哑剧，还有荒诞戏剧、漫画风格的戏剧，我们几乎在各个方面都去摸索探究。其中的一个戏剧小品——《猪八戒探亲》还登上了中央电视台大年初一播出的小型春晚。能够登上春晚这样的大舞台，这无疑给了我们很大的鼓舞，当时每个人都相当激动。我至今还记得李丁老师拉着我的手，对我说："德华，演戏就要有一种'我愿平东海，身沉心未改'的态度！"

后来，中国话剧研究会的吴雪老师也加入了我们的行列，吴老师是青艺的院长，也是戏剧家协会的副主席。当时他力推我们继续搞研究。再后来，李默然老师也带着中国话剧研究会加入进来。当时所有会员在北京开会的时候，我们还专门为他们这个协会组织了两场演出，然后专门为这个演出开了一个研讨会，这样大的阵仗至今都让我记忆犹新。我在李老师的带领下，和一群热爱演艺事业的老艺术家们一起切磋探讨，我在其中收获了无数经验，让我这一生都受益匪浅。

一个人可以被毁灭，但是不能被打败

李老师除了在学术方面带给我的收获，在精神上，他也时刻砥砺着我。

一群志同道合的人每天一起兴致勃勃、无所顾虑地追求艺术的快活日子没过多久，情况就急转直下。因为李丁老师患上了很严重的抑郁症，身体状况突然变得很糟糕，身体机能就像坐了滑梯一样，嗖嗖地往下滑，原本圆润饱满的一张脸，也被病魔镌刻出不少皱纹。我在阔别李老师很久以后再次见到他，就看到他挂着一根拐杖，人瘦了一大圈儿，走路也颤颤巍巍的，形容枯槁。我们一群人看了都说不出地揪心。

但即使李丁老师身体状况再差，只要一说起戏来，他的眼睛里就会重新泛起光亮。有一次我接拍了一部电视剧，名字叫《老人的故事》。在那部电视剧里我是主演之一，跟向梅老师一起演对手戏。我们俩在剧里的关系是：我有点单相思地追求人家，心里想着要搞一个黄昏恋。但是因为我在这方面缺乏生活经验，有些地方就有点拿捏不准，于是我就向李丁老师求教。

　　当时李丁老师已经生病了，但是他对谈戏特别有兴趣。后来我发觉这对他能起到转移注意力、缓解病痛的作用，于是我就总找他聊戏，跟他探讨某个情节我该怎样处理。李丁老师经常这样对我说："你这样处理不对，你要这样处理人物的境界就低了，应该是怎么样怎么样……"一说就是好长时间，眼睛里放着光，一边说还一边用手比画着，越说越兴奋，哪里像个得抑郁症的老人？

　　后来还有一场戏，我和北影厂的雷明老师演对手戏。雷明是北影毕业的，也是一位老演员，演过不少电影，在《西游记》中扮演过《除妖乌鸡国》中的国王，可惜现在他已经故去了。当时我们俩有一场在食堂里的对手戏，我就按照我的表演方式跟李丁老师说了一下，结果，李丁老师摇了摇头说："不对，不要这样，你这样说服不了人家，你这是等于在跟人家打架。"

　　李老师每次在跟我说人物的时候都把他们的特点抓得非常准，他告诉我："演戏不是你马德华应该怎样对待这件事，而是剧里面的角色，他对这件事应该是怎样的态度！"这句话一下让我醍醐灌顶。第二天开始拍这场戏之前我就做足了准备，加上有了李老师的教导，心里非常放松，非常有把握，当天拍的时候也相当顺利。当导演一喊"停"，紧接着就带头给我鼓了掌。之后我回头一看，李老师正窝在一个角落里，挂着拐棍儿，靠在一个小窗户上给我伸出了一个大拇指！我心里一下涌出一种说不出的感动。李老师让我明白：所谓切入生活，就是塑造人物时必须要以这个人物的角度去思考。这成了我后来拍戏的座右铭。

李老师最让我感到敬佩的，是有一次陪着他去出演老舍先生的《离婚》。李老师的角色非常重要，但那时他的身体状况很差，经常"哎哟""哎哟"的，我便在拍摄之前给他做了个按摩，虽然有所缓解，但还是不能完全消除这种痛苦。这个时候，副导演突然喊："李老师，该您了！"老头儿就一只手拄着拐棍儿，一只手被我搀着，颤颤巍巍地到了拍摄地的门口。当时机器就正对着门，我们在门外，他们在门里，推开门之后迎面就是李老师。我在心里准备开始喊三二一倒计时，结果还没等我喊完，老师就把拐棍儿交给了我，我赶快离开了门口。没想到门一打开，李老师马上就换了个精神十足的样子，紧接着就说起台词来：

"嗨！你们吃涮肉也不叫我一声，这可太不局气了啊！"

他一下子就把那个人物特定的感觉给展现出来了，我在一旁看着那个过瘾啊！

结果那场戏拍完一停，李老师立马就瘫软在一旁，我一把拉住他，心里别提多心疼了。李丁老师就是这样一个人，即使在身体状况那么不好的情况下，他也要在镜头前面给观众一个非常好的状态。他的这种精神也激励着我以后做任何事情都要这样敬业。李老师身体力行地告诉我们：一个演员，演戏要对观众负责，你在台上的状态就是人物的状态，所以自己的状态必须要时时刻刻跟剧本中人物的状态保持一致！

李老师一生都没闲着过，他为艺术事业奉献了自己的一生，那种精益求精、永不止步的精神也将永永远远地鼓励着我。

老爷子，我怀念您！

三位唐僧：三人行，皆为我师

　　《西游记》中唐僧的扮演者，前前后后有三个人。他们三个人的性格各异，戏中是我的师父，戏外是我的挚友。我们之间的情感真挚，友谊深厚。

　　汪粤是北京电影学院的高才生，又是杨洁导演第一个确定的演员。他对人物的分析把握很有见地，尤其理论见解更是有独到之处。我原是戏曲演员，在拍电视剧、电影方面向他学习了不少。

　　徐少华是歪打正着演了唐僧。当时是为了给猪八戒选高小姐，我向导演推荐了一部电影叫《惊变》。剧中女主角魏慧丽后来成了猪八戒的媳妇——高小姐。而男主角徐少华则成了被导演慧眼相识的我的第二任师父。少华为人豪爽，待人真诚，但脾气很犟，也是个山东汉子！我们很谈得来。在北京拍戏之余，他总要到我家来做客，和我的老娘一起"拉一拉"。而我随剧组到山东，拍戏时总要抽出点时间到他家去。记得有一次在青岛，到他家去看他的外婆，我们山东人叫姥娘，当时她已经年近90岁了，老人家耳聪目明，精神矍铄。听说我要去，老太太高兴得不得了，拉着我的手有唠不完的家常，完全把我当成她的亲外孙一样。

这个沙师弟嫩了许多，原来是师父迟重瑞扮演的。因为闫怀礼临时有事，师父救场如救火，马上换了装扮，由老大变成了老四

迟重瑞是进剧组比较晚的。他是个心细如丝、照顾人很周到的"长者"。说他是"长者"，是因为他对我们很像唐僧对徒弟一样关照。即使现在他成了老板，每逢中秋，他也要派人给我送来他们自己做的、地道的北京味的中秋月饼。因为他和大姐陈丽华董事长都知道，我这个二徒弟就好这口！

师兄六小龄童：我一生的挚友

心有灵犀一点通

大家熟悉的孙悟空的扮演者六小龄童，原名叫章金莱。我和他从1982年认识到现在已经三十多年了，我们之间的情谊就像一壶醇香的老酒，愈酿愈醇。

在拍摄《西游记》的时候，我们两人住同一个宿舍，所以关系要比旁人更近一些。他比我小，但是戏里戏外我都喊他一声"猴哥"，其中浓缩着我们二人不需矫饰的兄弟之情。

大家在看《西游记》的时候，都觉得我们师徒四人就像是一个整体，每一个人都形象鲜明，却都为着一个坚定的信念走在西行之路上。久而久之，我们都找到了属于我们戏中的身份认同，戏中的关系也逐渐地成了我们之间的默契。

《西游记》拍到后面的时候，我们都达到了一种"情之所至"的状态。这种状态不是我们在演，而是剧中的人物真的在做。比如我们进了一间屋子，一进门看见了一个座位，我就自然而然地抢先几步，一屁股

我们师徒四人在一起拍戏久了，慢慢都找到了属于我们戏中的身份认同，戏中的关系也逐渐地成为了我们之间的默契

坐在椅子上。这个时候猴子就跳到我的身后，拽着我的耳朵说："呆子，师父还没坐呢。"我揉揉耳朵说："你这该死的弼马温，这是我给师父占的地儿，你一边去！"

　　类似这样的情节都不是剧本上有的，全是我们根据一个故事轮廓即兴的表演。正是因为我们熟悉了自己扮演的人物，同时对彼此有了这样"心有灵犀一点通"的默契，才能让我们师徒四人浑然一体，表演得更加真实。

两次难忘的生日

我一直比较低调，不爱公开过生日，一般有影迷问我，也被我含糊地岔过去了。前几年有一次，忽然有很多人在 8 月 10 号给我发来了生日祝福。我不明所以，后来一打听才知道，原来有一次一个记者朋友打听我的生日，我不好回绝，因为我是 1945 年出生的，所以就回答说："我是抗日战争胜利的那年出生的。"结果记者朋友误以为我是 8 月 15 号前后出生，网上便流传出了 8 月 10 号是我生日的笑话。

其实我的生日是在 5 月，有一年生日正好是在金莱的绍兴老家拍摄《西游记》。我们没事的时候就到金莱家做客。有一天他神秘兮兮地把我带到他们家，一路上我还在想这猴子又想要什么鬼把戏，可到了他家，刚一进门，他的老母亲就给我端上来一碗醪糟，里边还放了两枚鸡蛋。

我一下子有点蒙，就问他的老母亲："伯母，您这是什么意思？"

金莱的母亲南方口音很重，我听不太懂，但是大概意思是：今天是你的生日，我特意给你做的鸡蛋醪糟。知道你是回民，这里面的东西你可以放心地吃。

我当时是含着眼泪把这碗醪糟吃完的，拍戏时受的委屈和苦难全都被这碗热乎乎的醪糟消散了。我一边吃，金莱和他的母亲一直笑盈盈地看着我。我想，只有一辈子的好朋友和真心疼爱自己的母亲，才能想到这一点吧！

另外一次是在云南保山。拍完戏之后，金莱过来跟我说："呆子，咱们今天别吃饭了，出去转一转吧。"

我一听也好，也没多想，就和金莱出去了。那个时候保山特别闭塞，没有多少户人家，也没有来往的游客，发展比较滞后。金莱带我绕着山

1. 在绍兴拍戏的时候，我们没事就到金莱家做客，他的父亲和母亲对我们都非常热情

2. 在金莱老家，金莱的母亲用一碗鸡蛋醪糟给我过了一个特殊的生日，这个生日让我终生难忘

路走了半天，到了一个像冷饮店一样的小食铺，说道："咱们今天在这儿吃点吧。"

我是丈二和尚摸不着头脑，心想：就为吃点东西，至于跑这么老远吗？

正在这个时候，于虹提着一个盒子走了进来。于虹是"二炮"基地文工团的演员，被借调来《西游记》剧组当场记。在《扫塔辨奇冤》一集中扮演外国使节，在《天竺收玉兔》中扮演王后。当时她和金莱正在搞地下恋情，因为金莱的父亲六龄童——章宗义先生和杨洁导演有一个约法三章，其中一条就是不允许章金莱在拍摄过程中谈恋爱。但是当爱情的火花碰撞出来，哪里能抑制得住？只不过金莱一直瞒着剧组。

我一见于虹走进来了，更有些不知所措，不知道这个猴子又在耍什么把戏，如此一来我不是成电灯泡了吗？

没想到他们两个人对视了一眼，于虹笑着说："德华大哥，金莱说今天是你的生日，让我出去给你买个生日蛋糕。可我在保山找了一大圈，就找到了一个糕点铺子，买了个不太像样的糕点，我俩一块给你过个生日。"

她说完后，金莱一边拍手，一边唱起了《生日快乐》歌。

我的眼泪再也止不住了……

在云南的那一段时间是我人生中最低谷的时候，这个时候还能够有一个人记着我的生日，那种感动真像寒夜中的一束火把，温暖极了。

事后我说："金莱，我感谢你。今日往后不管你怎么对我，我都拿你当一辈子的兄弟！"

此地无银三百两

我是见证了章金莱和于虹爱情长跑全过程的人。

当时整个剧组是禁止谈恋爱的，所以金莱有时候主动地去问于虹一些事情，两个人经常单独在一起，大家都没在意。可每次金莱和于虹出去，回来之后都显得异常兴奋，我就发现了些端倪。久而久之，也就心知肚明了。

有一次剧组的人调侃金莱："猴哥，这于虹不错吧！"

章金莱马上急了，说："你们可别瞎说！"

回到宿舍，他还气呼呼地对我说："我和于虹有可能吗？他们净胡说八道！"

我坏笑道："你这不是此地无银三百两吗？"

童言无忌

金莱和于虹于1988年举行了婚礼，1990年有了他们爱情的结晶——女儿童童。

我和金莱因为《西游记》这部戏结下了深厚的友谊，所以我一直也把童童当作自己的女儿看待。

童童三岁的时候，有一次我给金莱家打电话，是童童接的，她用稚嫩的声音问我："你是谁呀？"

我说："我是你马德华叔叔。"

"哦，猪八戒叔叔，爸爸爸爸，猪八戒叔叔找你。"

1. 我们夫妻把童童当成女儿一样看待

2. 在《祸起观音院》一集中，我儿子扮演的小和尚跟孙悟空叔叔同框

$\frac{1}{2}$

当时把我和金莱笑坏了。

还有一次，金莱一家三口坐在电视机前看《西游记》。看完之后，金莱问女儿："童童，爸爸演得好不好？"

童童说："好。"

金莱说："那《西游记》里你最喜欢谁？"

童童想了想说："我最喜欢……最喜欢你……"

金莱听完得意扬扬地倒水去了，谁知童童一扭脸，对于虹悄悄地说："其实我最喜欢猪八戒叔叔，我怕爸爸生气。"

师哥闫怀礼：你走后，留下了我一生的遗憾

　　说起我和怀礼师哥之间的那种情分，我甚至找不出恰当的词语来表达。我当演员这么多年，一直都觉得很幸福，因为演员这条路带给了我太多东西，改变了我的一生，也是因为这条路，让我结识了这群值得一辈子深交的朋友。

　　从 1982 年到 1986 年，在四年的时光里，我们师徒四人在杨洁导演和整个剧组的带领下，共同为着一个目标而努力。那时候剧组条件很艰苦，我们一起同甘苦共患难，所以自然就成了一辈子的好兄弟。然而在这几个人当中，不得不说我和闫怀礼之间的关系是最好的。

"师徒四人"的老大哥

　　我和怀礼师哥在《西游记》剧组相识。

　　记得当年初到剧组，我当时是 37 岁，怀礼师哥是 46 岁，他是我们四个人里面最年长的，比我整整大了 9 岁。刚进剧组的时候，我还是个

有幸被杨洁导演从戏班里破格提携出来的后生，看到闫怀礼这样的"前辈"，当然是毕恭毕敬的。第一次见面，我就赶紧跟人家很客气地打招呼："闫老师您好您好！"但是他却比我想象中的要亲切朴实得多。他一看到我这样，赶紧摆了摆手："别这么叫，太客气了，叫我怀礼就可以了！"我一下子就觉得这人太亲切了，所以我对他的紧张感荡然无存，这对我们日后合作中的相互磨合起到了很大的帮助。

在一起演戏的时间长了，我们俩也就慢慢熟络了，他渐渐成了我身边特别好的一个老大哥。怀礼因为年龄比我大，拍戏经验也比我丰富，所以我一直都在向他学习。我有角色拿捏不好、不会演的时候，就会向怀礼请教，他也总是非常认真地给我解答，我们之间一直是亦师亦友的关系。

分身有术

《西游记》开播以后，有人就对沙僧这个形象提出过质疑。有人觉得沙僧的戏份少，无论说话还是做事都文绉绉的，西天取经一路上无非就是挑着扁担化个缘，遇到降妖除魔这样的大动作一般都是孙悟空打头阵，完了就是猪八戒的戏，直到最后人手实在不够了，才轮到沙僧。甚至网上还有个段子，调侃沙僧的台词只有"大师兄，师父被妖精捉走了"这一句。

不少人觉得怀礼的沙僧好演，没什么技术含量。其实，怀礼对这部剧的贡献可不只这一点点，他是仔细地琢磨了师徒四人的人物性格：唐三藏信念坚定，孙悟空争强好胜，猪八戒好吃懒做，之后才把沙僧定位

好兄弟心有灵犀，配合默契，一个眼神、一个动作里，全都是戏

成一个踏实肯干、木讷少言的形象——不过于抢戏，但又维持了团队的平衡，不可谓不高明。

除了沙僧，剧里的牛魔王、卷帘大将、西海龙王、太上老君、御马监监丞、千里眼、观音院的和尚等角色，也都是怀礼分角扮演的。我曾看过网友们得知这个消息后，纷纷惊奇于看了无数遍，竟然没有发现。这也从侧面肯定了怀礼的演技。

怀礼在拍这部剧时已经是快 50 岁的人了，记忆力跟我们这几个人比还是稍微差了一点。有一次拍"女儿国"的那场戏，怀礼怎么都记不住台词，他就把自己关在房间里，从下午到晚上翻来覆去地拿着剧本背，还让我们一直在旁边盯着看有没有出错，特别认真。最后终于在晚上快睡觉的时候背下来了，他那时候激动得啊，四十几快五十的人，就在床上高兴得像孩子一样。当时我们几个人看了也一直笑，打心眼里替他高兴。

结果就在第二天要演的时候，怀礼又把词儿忘了，杨洁导演在片场着急地说："这是怎么回事儿啊？"他垂头丧气地，我在旁边看见了，就赶紧上去帮他说话："老闫这一直背着呢！咱别着急，慢慢来。"然后我们一群人就在那儿陪着他一直把戏彻底过完，他才慢慢心情好起来。

亦师亦友，难兄难弟

怀礼对我的照顾，不仅仅在于事业上对我的帮助，他在生活中对我的关照也是无微不至，一直都像我的亲哥哥一样。

人们常说：面由心生。当年杨洁导演看重他，能让他来演这个角色，就是因为导演看到了他身上有种沙和尚的感觉——为人正直，兢兢业业，憨厚老实，做事任劳任怨。这不仅是沙和尚的特质，更是怀礼坚守了一辈子的作风。

和老大哥待在一起的时候，没什么顾忌。我们俩人都酷爱喝酒，平时遇到什么困难了，就约上一起喝儿杯，在酒桌上互诉衷肠，多难的事也就过去了。每次我喝醉的时候，他就会照顾我。以至于我每次出去跟怀礼喝酒时，我爱人都特别放心。

在拍"蜘蛛精迷惑唐僧"那一集戏时，我有一场下水调戏妖精的镜头，偏巧我又是个"旱鸭子"，别说游泳了，平时就连看见水都发怵。后来这事传到怀礼耳朵里，他便主动当起了我的游泳教练，耐心地教我下水、游泳。在此之后，无论我们到了哪儿，他都会马上去找游泳池，有游泳池就叫上我，让我下水。一开始我还挺纳闷，看着他问："干吗去？"他一本正经地拉着我说："游泳去！"

我没想到我这么个小毛病他能记在心上，还有心思帮我解决。正是因为有了他的帮助，才让我后来拍下水戏的时候顺利很多。我知道，这一切，都是怀礼这个老大哥的功劳。

打鼠趣闻

一次，我们在青城山的一座道观里拍戏。那时候剧组条件很艰苦，另一方面也是为了图方便，我们一群人就干脆住在了道观里。都说四川老鼠猖狂，那次我是真见识到了，就算我们白天待在道观里，它们也敢光明正大地到处乱窜，令我们很苦恼。我还打趣地说："咱们干脆拍无底洞收金鼻白毛鼠那集吧！"这时候怀礼就提议说："咱们是不是组织一个打鼠队？"他这话一出口，我们就都同意了。于是剧组里师徒四人就变成了打鼠队，天天跟老鼠做斗争。

我们一致推举闫怀礼做打鼠队队长，让他当大哥我们比较安心。而他自然也没有让我们失望，"吭吭吭"几下，几只老鼠就命丧在他的脚下。相反，扮演天不怕地不怕的孙悟空的章金莱，其实是胆子最小的一个。金莱的父母一直都很宠他，更别说让他打老鼠了。

有一次，我们几个人在房间里正聊天的时候，突然不知道从哪儿冒出来一只老鼠，一直在门槛儿旁边窜来窜去。金莱眼尖，立马喊了一声："有老鼠！"紧接着他随手抄起一只鞋，"啪"地一下就扔了过去。怀礼一看不错，就赶紧鼓励金莱说："哎呀！金莱今天真是不错，看见老

在桂林拍摄《误入小雷音》一集的剧照，猴子被
黄眉怪用金铙扣住，八戒和沙僧前来相救

鼠，敢用自己的皮鞋砸过去了！了不起！都说金莱胆小，但是金莱手紧
啊！"我在旁边接话："所谓手紧就是抠儿（小气）啊！"众人哈哈大
笑，听得金莱自己都不好意思了。

结果，等我们穿鞋下地的时候，怀礼却发现鞋子没了。他赶紧就喊：
"我的鞋呢？怎么就只剩一只了？"他环视了一圈，结果在墙角发现
了自己的鞋，他突然一拍脑门反应过来："原来猴子扔的那只鞋是我
的啊！"他这一句话又把我们一群人都逗乐了。

朴实的灵魂

现在网上流行一句话：好看的皮囊千篇一律，有趣的灵魂万里挑一。大抵是说一个人强大的人格魅力。怀礼也很有趣，但我更愿意用朴实来形容他的灵魂。

有一次正好拍唐僧的戏，我与怀礼、金莱三个人没事，便相约一起出去爬山。金莱那天可能是真的累了，刚开始说不太想去，后来不好意思驳我们两个哥哥的面子，便答应一同去了。

金莱像猴子一样，很麻利地穿好了衣服，对我们说："二位师弟，你们慢慢收拾，我先去前方探路了。"说完话就蹿出门外，到山嘴儿那儿去了。

怀礼比较实在，赶紧收拾好了等着我。我穿衣服比较慢，他就催我："呆子，瞧你这磨蹭劲儿，你再慢一点，猴子都到山顶了。"

我和金莱住一个宿舍，对他很了解，见他这股子积极劲儿，便猜出了个八九不离十。我对怀礼说道："你甭着急，金莱去没去还不知道呢。"

等我穿好了鞋，怀礼带着我就往出跑，去追赶金莱。我俩一路上跑得上气不接下气，边跑怀礼边说："这猴子跑得还真快。"——他还没醒过味儿来呢。

到了半山腰，我就对怀礼说："沙师弟，别追了，咱们又让这猴子给算计了。咱们俩还是老太太逛庙会——慢慢溜达着吧！"

怀礼还将信将疑："金莱不能耍咱们吧？"

我俩优哉游哉地上了山，山上的景色是真美啊，树木繁茂，翠竹成荫，云雾缭绕，小溪潺潺，果然是风景这边独好。到了山顶之后，怀礼还是不放心，绕着山顶转了好几圈，也没有找到金莱。

下山回了宿舍以后，我俩一看，金莱正在床上躺着看书呢！他见了

取经到了泰国，沙师弟叫着："二师兄，快走！"老猪来到异域喝上了清凉的果汁，谁叫都听不见了

我们，也不言语，把书往脸上一扣。怀礼当时又好气又好笑，上去一把就把书掀开了，弹了金莱一个脑瓜崩："好你个猴子，你又耍我们！"

我哈哈大笑："敢情猴子不光耍八戒，也拿沙僧找开心啊！"

万事无不尽，徒令存者伤

到现在，怀礼已经走了快十年的时间了。总是有人问我："怀礼走后，你会不会经常想起他？"我坦白地说：不可能不想。苏轼有首词说道："不思量，自难忘。"大抵我就是这种心情：不谈想起，因为不曾忘记。

每次在家里头翻到那些老照片，或是看到电视里演《西游记》的时候，就好像怀礼不曾离开，只不过我俩许久没通过电话，许久没一起喝过酒一样。但每次回忆起怀礼，特别是对于怀礼突然生病，再到我们眼睁睁看着他离开的这件事，我们几个人的心里面还是像被狠狠抓了一下，不得不接受这个现实。

怀礼生病对我们来说很突然。在我们兄弟几个当中，怀礼的身体可以说是最好的，他简直就像铁一样。1993年时，他拍戏的地方蚊子特别多，剧组没什么好的措施，就用敌敌畏来驱蚊。当时大伙儿都觉得味道太大受不了，去别的地方躲躲，只有怀礼天生嗅觉失灵闻不出味道，就没太当回事。不久之后他就被检查出肺纤维化，大家一直怀疑是不是吸入太多敌敌畏的缘故，但是一切都晚了。

与怀礼在火焰山的合影。他那憨厚的笑容永远留在我的记忆里

现在仔细想想，其实怀礼的病早就有预兆了，只是我们当时太粗心，谁都没留意。直到现在我们都会想，如果当初我们早一点发现，他能早一点接受治疗，那是不是我们在一起的时间就会长一些？那时候我们相约一起去了趟澳门，几个人在大街上东游西逛，突然大家发现怀礼不见了，我们赶紧返回去找他，后来在刚刚走过的街边儿看见了他。他正一只手扶着墙边儿，趴在那儿喘气。他抬头看到了我们，就像个迷路的小孩儿看见家里人一样，一下就安心了。我们着急地问他去哪儿了，就见他大口喘着粗气："你们走慢点，走快了我就跟不上了。"那是我们第一次觉得，怀礼上岁数了，体力跟不上了。

等到他的病查出来以后，刚开始，我们几个人还总约着去看看他。那会儿他病得还不算严重，我们坐在一起有说有笑的。但是到后来我们就很少去了，因为大家实在不忍心看他那个样子，他自己也不想让我们看。有次金莱组织我们去看看他，但是等到要去的那天，金莱又给我打过电话来说，怀礼的爱人刚刚给他打电话，拜托我们还是别过去了，他们两口子都不想让我们看见他被病魔折磨的一面。

接着电话，我愣了足有十来秒没说话，等我勉强说了一句"嗯"，就听见金莱在电话那头传来了一声长长的叹息。

再后来就是大家见他的最后一面了。

他临走的时候我没能见到他最后一面，这在我的心里一直是个永远无法释怀的愧疚。他快要走的时候，其实那段时间我们几个人心里还是有感应的，但是谁都没说出来，大家都在默默祈祷。但那一天还是来了，我们几个得到消息以后就赶紧往医院赶，等我走到一半的时候金莱就火急火燎地给我打电话，在电话那头对我喊："你快点来吧，怀礼不行了，他说他还想见你最后一面。"听完我也急啊，但我又堵在路上，怎么都动不了。最后等我赶过去的时候，怀礼已经走了。我走到病床前面，金莱他们围着他，怀礼就那么躺着，眼睛睁得大大的，嘴也张着，就像雕塑一样冷冰冰的。

金莱说："他已经挣扎了太长时间了，肺已经彻底坏掉，运转不了了，他是被活活憋死的，到最后都没等着你。"

我听完感觉心里一阵抽搐地疼，愣愣地忍了半天才没让自己垮下去。我走到他身边的时候全身都在发抖，我都不知道自己是怎么挪过去的。等我凑到他身边，轻轻地抬手帮他闭上眼睛、合上嘴。走出病房的时候我就知道，这是我最后一次离他这么近了。

"此恨绵绵无绝期"这种感觉真的是怀礼走后我才感受到的，就像心上被缠了一层厚厚的蚕丝，拉不尽，择不绝。

我再也见不到怀礼那憨厚的笑容了，怀礼，一路走好！愿来世我们还做好兄弟！

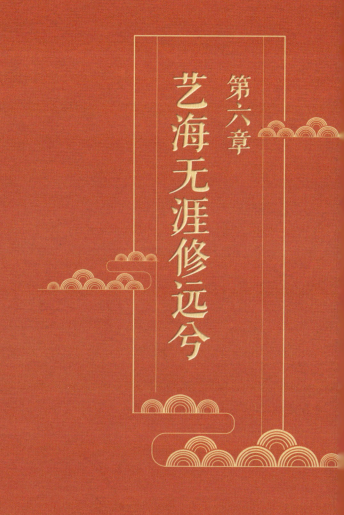

第六章

艺海无涯修远兮

如果我一生只演了猪八戒这一个角色，观众能喜欢、能记得曾经有过这样一个演员，那我还有什么不满足的呢？

"八戒"成为包袱

在"西游"旅程暂时告一段落后，我摩拳擦掌地想要去尝试更多的角色。之前的成功很快地被我的理智抛诸脑后，我清醒地认识到，我将会在别的人物身上体会到更多的、不同的人生经历。我心里不断地重复着一句话，那就是：我需要从零开始，继续学习，继续努力。

为此我主动去见了很多导演，他们对我扮演的猪八戒这一角色都给予了非常好的评价，但由于八戒这一角色在观众心中留下的印象过于深刻，大部分导演都觉得我已经很难再适合其他的角色了。经过很多次这样的见面之后，我的心里不免失落。

有几次，我对剧中的角色非常感兴趣，就想去争取一下。我向导演要了剧本，进行了初步的交流。我仍然保持着拍《西游记》时的习惯，在拿到剧本之后会亲手抄写一遍，以求一字一字地加深自己对于人物的认知和理解。当时前期的工作已经做得很详细了，可是剧组却迟迟没有消息，等我再打电话过去，得到的消息是不知是制片、导演方面出了一些问题，还是经费出了问题。如果是经费问题，那我又坚持起来："那没问题，我不要多少钱的！因为我喜欢这个角色，我想挑战这个

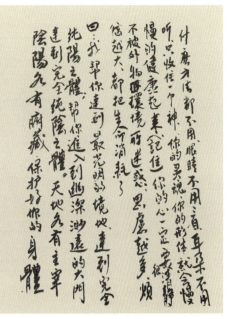

每次接到剧本，我都要一边看，一边亲手抄写一遍，在一个字一个字的抄写过程中，加深自己对于人物的认知和理解。这种"笨办法"成了我的习惯

角色！"但可惜的是，这件事最后仍然不了了之。

后来在黑龙江参加一个活动的时候，我和陈道明老师住同一个房间。我还记得道明特别喜欢戴帽子，几乎每天都会戴不同的帽子。那天我们回到房间，他戴的好像是香港导演李翰祥送他的一顶帽子，于是我们就聊到了李导的《垂帘听政》，又说到关于接戏的问题，他就跟我说："马兄，我建议你以后接戏的话，二号都不要接，只接一号角色。"

我突然想起自己很难接到戏的那段日子，回答道："道明，咱们俩不一样，你是科班出身，从开始拍戏时你的实力就得到了认可，接一号能撑得住！而且你的形象好，我这形象去扮演戏里的一号角色还

我与陈道明的合影，他那时候在国内大红大紫，是标准的"男一号"

是很吃力的。这倒不是戏的好坏可以决定的，是先天的问题。另外一个，我本身是戏曲演员出身，我需要不断地去学习影视上的一些东西，我觉得我应该做的，就是不管这个戏份是轻是重，只要是能够勾起我的创作欲望，我觉得我就应该接下来。"

他听完这一番话，说道："你能有这种想法就已经是很珍贵的了。"

我就给他举了黄宗洛老师的例子。黄宗洛老师是北京人艺的演员，以演小角色著称。《茶馆》里的松二爷、《智取威虎山》里的小土匪等角色都是由黄老饰演的，虽然是小角色，但个个都能服务于戏，为戏增光添彩，因此，黄老被尊称为"龙套大师"。可以说，黄老做了一辈子"小草"，一生都在认认真真做一件事，做到了极致！

如果说一生只做一件事，重瑞扮演了唐僧，金莱一生专注于扮演孙悟空，我一生如果也只演了猪八戒这一个角色，观众能喜欢、能记得曾经有过这样一个演员，那我还有什么不满足的呢？

当我说完这一番话后，自己好像也有了新的想法，胸中豁然开朗了。

猪八戒跳芭蕾

当年我在中国京剧院的时候，隔壁就是中央芭蕾舞团，我们常常会互相观摩，互相学习。我本身也是闲不住的人，看着人家跳得那么美，我没事就学一两个动作，自己跳着玩。

拍摄《西游记》时，剧组生活百无聊赖。每次大家都空闲的时候，李连义老师常常给大家出猜谜游戏，算是无聊里的一点点欢乐。但是我有时因为带着装，不能每次都参与进去，而且带着装本身就不太舒服，需要活动一下，于是我就在一旁简单地跳起了舞蹈。这时候，大家都不猜谜了，全都扭头看我跳舞，一阵欢笑、叫好夹杂着掌声，我一回头，发现大家都在看着我呢！我也有点害羞，不好意思接着往下跳了，可是大家反而笑得更厉害了。结果，我带着八戒的装跳舞就成了剧组里大家最喜欢的娱乐节目之一。每当大家拍戏累了或者烦了，就邀请我给大家跳上一段。

在《西游记》拍摄完成的杀青晚会上，我给大家唱了一段京剧。结果大家起着哄让我跳舞，杨导说："你就来一段吧！"当时也没有准备配乐，就让徐少华给我随便放了一段舞曲，好给大家即兴跳一段。我脑海里不断地回忆，想起了当时在芭蕾舞团看过的一些动作，我就把能想起来的动作几乎全都用上了。大家早已乐不可支了，我想停下来，可大家根本不允许，让我足足跳了四五分钟！最后我实在累了，才停了下来。

当时的灯光老师、道具老师都是中央电视台的工作人员，我下台后他们就跟我开玩笑说："马老师可以上春晚了！就表演一段芭蕾舞！"

没想到还真被他们说中了，后来春晚邀请《西游记》剧组师徒等人参加春节联欢晚会，我就把八戒跳芭蕾作为一个小节目编排起来。当时张兴华老师帮我出了很多主意，因为张兴华老师原来是舞蹈演员，不仅仅在舞蹈上给了我一些指导，还有如何在舞蹈中加入一些反差性大的元素，好让节目看起来更有效果。

节目最后得到了大家的喜爱，这让我非常高兴！

后来剧组有次在广州演出，当时现场的呐喊声震耳欲聋，一阵高过一阵，连播放音乐的声音都听不到了！谢幕的时候，我就用芭蕾舞小天鹅的方式，一蹦一跳地作为结束，还给了观众一个飞吻，这一来，观众的呼喊声儿乎要掀开场馆的屋顶了！等我到了台下，田华老师上来就给了我一个大大的拥抱，热情地说："这个节目真是可爱极了！你演得太好了！"

笨拙的"八戒"跳芭蕾舞，获得了观众朋友们的喜爱，也成为我在《西游记》之后的一个非常特殊而美好的回忆。

不是铁打的身子

　　1999 年，一位远在捷克的影迷在看了《西游记》之后，一下子爱上了中国。据说学习中文的资料很有限，她就变着法地学习，没多久就不顾家人的反对来到了中国，她说："我一定要到中国去。"

　　来到中国之后，她落脚在葫芦岛，一边学习中国功夫，一边接着学习中文。当时我到葫芦岛有一个演出，她听说之后赶到了现场，特别执着地要和我见面。主办方有些拗不过她，就破例让她上台和我合了个影。在短暂的合影间隙，她用极为流利的口语向我述说了自己如何偶然接触到《西游记》，并爱上了中国文化，最后来到了中国。她听说《西游记》里演八戒的演员要来葫芦岛，特意向师父请了假赶来见一见我。听了她的话，我不禁受到了巨大的震动——原来文化传播竟然有如此大的力量！

　　主办方看我俩聊得很开心，就让她也参加了我们的晚宴。入席的时候，我们俩坐在一起，宣传部副部长也坐在我们旁边。

　　谁知，饭才吃到一半，我突然觉得腰部传来一阵阵刺痛，过了一会儿，疼痛感越发强烈起来。我整个人冷汗直冒，有点难以保持平衡，就

从捷克远道而来的"西游迷",让我感受到了西游文化传播的巨大力量

用手扶着椅子的靠背,勉强支撑着。宴会结束后,天空中下起了雪,我送走影迷后赶紧去了医院。医生确诊为肾结石,并建议我马上住院治疗。由于时间的关系,我必须当晚赶回北京。因此,大夫只是给我开了点药,没有做更详细的检查。我便拿着药,匆匆踏上了回北京的列车。

大夫开的只是止痛的药片,我上了车之后,吃了和没吃几乎没什么区别,腰部像是在被刀子一刀又一刀地凌虐。由于没有卧铺,我只好硬扛着。这时有很多人认出我来,热情地和我聊天,有的人还激动地拉着我合影。我当时已经疼到虚脱,说话都很困难了。正好有位列车员经过,看到我状态不太对,我就把我的情况告诉了他,他马上安排我到列车员的休息室里休息,免受打扰。列车在墨汁一样的黑暗里奔驰,我觉得那一夜比一年还要长。

回到北京已经到后半夜了，爱人和儿子在火车站接我，直接带我去了医院。医院也说我的情况需要紧急住院治疗。但第二天我还要到天津去上赵宝乐的一档节目，不能住院，只好央求大夫想想别的办法。大夫本来要求我必须住院，但看我如此坚持，就说：如果实在没办法住院的话，就吃排结石的药，并且要喝大量的水。

为了不住院，我也只好接受了这个方案。喝掉好多液体之后，我在家跳了一会儿，觉得好些了，累了一路以为终于可以休息一下，谁知刚躺下没几分钟疼痛感又卷土重来了。我就一边喝排石药一边跳，一个小时上一次厕所，来来回回跑了好多次厕所。天亮了再上厕所时，撕裂的疼痛感终于逐渐消失了。

我起了个大早，赶往天津去录制节目。像是经历了一场浩劫，两夜一天之后，我终于又回到了正常的世界。

做一件事，就要坚持到底

前面我说过，我就爱京剧，打心眼里喜欢，胡琴一响我连道儿都走不动，我觉得那简直是一种享受。可是在京剧院干了几年之后，我又来到了昆曲剧院。

昆曲太美了，可是也太难了！载歌载舞，高超的技法，满弓满调！虽然我心里有些不情愿——毕竟在我心中，对于京剧的热爱是别的戏曲种类都无法比拟的——但是该练功还是会认真地练功，该演出还是会认真地演出。但是由于我还是想回到京剧院去，心里就有了一些抵触情绪。

有一天我听广播的时候，正好有个无线电讲座在教授日语。我一想，除了练功，我业余生活就在学日语里度过吧！不仅能分散胡思乱想的念头，还能学习点技能。从那以后的一段时间里，我的业余时间几乎都被用来学习日语。当时我还住在京剧院的筒子楼的大宿舍里，有一天我经过别的房间，发现大家都在听这个讲座，几乎整个楼里都能听到日语的声音，不知怎么的，整个楼里突然掀起了一股日语热。后来想想，那时大概是 1981 年，在改革开放的大潮之下，学习外界的新鲜事物成了大家追赶的潮流。

　　为了学好日语，我买来了整套教材开始学习。为了加深记忆，除了做笔记外我还把整本书都抄了一遍。等我满心欢喜地拿着教材开始学习的时候，就听见楼里各家各户广播的声音逐渐小了下来，一周以后听课的人少了很多，半个多月之后，整个楼里已经听不到有人听日语课程广播了，只剩下我那屋里孤零零的声音，而且学习的兴趣还越来越高。大家都说日语好学，就是 50 个平假名、50 个片假名，可到了开始学习语法的时候，我才发现越来越困难。我特意找来日文的报纸试着进行翻译，可是怎么也翻译不通顺。有次正好遇到一位会日语的老师，请教之后我才弄懂原来问题还是出在语法上，因为日语的语言排布和中文差别很大。虽然困难重重，但我当时一心倾注在学习日语上，没有半点退缩之意，我心里有个声音告诉自己：认准的事情，就一定要坚持下去，决没有中途放弃的道理！

　　我每天都比平时练功起得更早一点，拿着手抄的"教材"到楼下去念日语课文，遇到熟人来来往往偶尔打个招呼。转眼间，我竟然跟着广播把四本教材都认认真真地学过了！这时候，我才总算松了一口气，心也终于安定了下来，踏踏实实地回到了昆曲的学习中去。

　　现在再回望那段时光我才发现，无论面对任何困难，只要做到全情投入、坚持不懈，就一定能最终战胜它。当然，我也将自学日语的这种精神运用到了学习昆曲的过程中，而昆曲也给予了我莫大的滋养，让我对戏曲有了更深更广的了解。

"猪八戒"在日本

他乡遇故人

缘分真是一个奇妙的东西。

1982 年，《西游记》剧组进行试拍集的录制，住在扬州。因为我是回民的缘故，吃饭的时候需要跟大家分开吃。当时剧组就特意找了个厨师负责我的饮食，给我单独做一份回民餐。我还记得那位师傅每次都热情洋溢地端着我的饭送到我桌前，那时候的每一顿饭都让我记忆深刻，不仅是因为师傅的菜做得特别可口，而且因为他对于做菜的热爱和激情感染着我，使我在吃饱饭之后更加全身心地投入拍摄之中。

转眼十年过去了。

1992 年，我们到日本考察。日本的好朋友请我们一行人吃中餐，菜上来的时候，我就觉得味道似曾相识。这时，有一个中国服务员走过来和我说："我们这里有一个厨师是您认识的人！"我当时还有些拿不准是谁，就说道："您能把他请出来吗？"不一会儿，我就看见十年前在扬州的这位师傅走了出来。我一见到他，心情一阵激动。他也很高兴

十年之后，我与曾在扬州为我做饭的师傅竟然在异国他乡重逢，
我激动地为他唱了一首歌

地说："马老师，您还记得我吗？我当初在《西游记》剧组给您做过饭
的！"他这么一说，我的回忆瞬间都回来了。

　　我们俩也算是故交了，时间匆匆，没想到竟然在异国重逢了。感慨
之余，我就为他唱了一首歌。后来请他上台，我们俩又合唱了一首。

中日艺术交流

　　饭毕，考察团来到剧院观看能剧演出。能剧是日本最主要的传统戏
曲，在日本的地位和昆曲之于中国文化的地位一样。不过，昆曲要比能

剧更加古老一些。

当时到剧场观看演出的人很多，男士们都穿着礼服，女士们必须都穿和服。可以看出，大家都对能剧这种传统文化有种敬畏之心，很注重仪式感。

那场能剧的表演者是日本资历最深的能剧表演艺术家——茂山千作，他被日本官方认证为能剧的传承人，日本人称他为人间国宝，可见其地位之尊贵！

演出开始了，可是表演者始终没有转过身来，静止了好一会儿，才开始有了动作。我看得是云里雾里，只能尽量去体会其中的美感。我还观察到观众们都是正襟危坐，没有交头接耳的，更没有吃东西的。演出结束后，我同遇到的日本人聊天，询问看演出时的一些疑问，发现其实好多日本人也是看不懂的，但他们仍然愿意来看，他们觉得这是对于自己民族文化的一种接触与感知的机会。日本人在对于传统文化的传承这一点上的态度，不禁令我动容，我相信也值得我们学习。因为我那时也自学了日语，一直以来都特别想把中国的昆曲介绍过去，以自己的一点点力量为文化传播做一些事情。

观看完表演之后，我们与日本艺术家聚在一起，切磋探讨能剧、昆曲与京剧。

能剧原是给神演的一种古老的剧种，为了向神祈求好运，就像中国古代的祭祀一样。两国之间的文化虽然有差异，但也有着共通的情绪与美感。大家对于艺术侃侃而谈，收获极多。

临走之前，茂山千作送了我一把演出时的扇子作为纪念。同行的日本人惊讶地说，这可是非常珍贵的礼物。而他们对昆曲也有了非常浓烈的兴趣，让我觉得不虚此行。

我与日本能剧表演艺术家——茂山千作切磋技艺

问路遇尴尬

那次赴日考察，同行的人们都是见过我早晨晚上念叨日语的，于是大家便起哄问我："老见你学日语，你到底学得怎么样啊？"

大家都想着怎么才能试一下我的日语水平，这时候其中一个朋友就说："我想去方便一下，你问问哪里有茅房。"

这时候，正巧有个日本人经过我们身旁，我就和他交流起来。我用日语问他：麻烦问一下附近有没有卫生间？那位先生特别热情，跟我说从这边走，那边有个什么东西，然后再继续走，有另一个什么东西……

说了一大串，才说明了卫生间的位置，然后非常有礼貌地离开了。

我转身看向大家，大家都瞪着大眼睛看着我，期待地问："怎么样？听懂人家说些什么了吗？"

"听懂了！"

"那在哪儿？"

我理直气壮地说："不知道！"

大家一哄而散，我却乐开了花。

后来我自己反省了一下，虽然学了这么久，但我光是在课本上学了半天，都是一些死板的、格式化的东西，真的在日常交流的时候，才发现口语和听力都特别差。我这才明白语言氛围的重要性，也激起了我愈发要学习好日语的好胜心。我决定回国之后，再好好提高听力和口语。

八戒戏耍美猴王

再去日本演出，已经是拍完《西游记》之后了。为了进行文化交流，我又一次来到了日本。这一回我信心满满，因为我觉得自己的日语水平可比上一次来的时候进步多了。

演出的时候，我们在台上表演的是京剧《智激美猴王》一出戏。和我搭戏的演员是著名京剧表演艺术家赵燕侠老师的弟弟——赵元侠，他饰演孙悟空，我饰演猪八戒。那场戏讲的是孙悟空因为三打白骨精被师父逐走，回到了花果山。师父被抓走之后，猪八戒来到花果山，请大师兄回去救师父。

演出时，小猴子冲到台上向孙悟空报告："大王，山下来了个长嘴大耳朵的和尚！"孙悟空说："这是八戒来了！"猴子眼珠一转，心中有了一计，说道："捆了！带上来！"接下来就是猪八戒发现猴子假装不认识自己，不打算去救唐三藏。

我被一群小猴子带上了台，这时，我应该叫一声"猴儿哥"，可我突然间灵光一闪，就用日语叫了一声"猴哥"。结果这个包袱抖响了，引燃了台下的观众，大家都乐了起来。猴子本来还是一板一眼的，结果一听我说日语有点蒙了，不知道该如何应对。我又使了个蔫坏，用日语说："你最近怎么样啊？"这回赵元侠彻底蒙了，在台上说不出话来。我接茬说："猴哥，你怎么不说话啊？"赵元侠心说："我能说得出来吗？"直冲我使眼色，告诉我差不多得了。我见好就收，赶紧换回中文，把戏带回来，我说："猴儿哥！看来你呀，不懂日语！我呀，是问你最近挺好的吧？你应该说一句日语——我过得还不错。"接下来，赵元侠才接着演了下来。

一下台，我赶紧给赵元侠道歉，他捏了一把冷汗，说道："你猜怎么着？可吓死我了！"

我笑着道："我也是临时抓哏，现挂的！真是对不起了。"

我们两个哈哈大笑起来。后来我又很郑重地向他再次道了歉。

那次演出另外一个大的收获就是我结识了一个日本朋友，据说在明治维新前这位老先生的家族是诸侯。他对那场表演特别感兴趣，想要请我一起吃饭，继续聊一聊中国文化，我欣然同意。然后老先生建议说："咱们今天就不带翻译，我觉得你可以顺利地和我交流，如果有实在不明白的，你可以用汉字写出来。"

我便跟老先生一起去吃生鱼片，席间我虽然不算是对答如流，但确实没遇到特别大的困难。那时候我已经在日本待了半个多月，加上我之前在国内努力学习了口语和听力，绝大多数的交流我都可以应付了！当时我不仅为自己学会了一门外语感到高兴，更为自己能用外语把中国的文化传播出去而感到兴奋！

西游文化进校园

从 1986 年开始到将近 2000 年之间，我几乎每年都会到中小学学校里，给小朋友们讲述关于《西游记》的故事，也包括拍摄《西游记》

我在学校里给小朋友们讲《西游记》的故事，大家都亲切地叫我"马德华叔叔"

时的一些趣事。

每次做完讲座，小朋友们都会写一点听后感，有时学校会把一些优秀的文章给我看看或者发表到一些刊物上。

有一次去我儿子所在的学校做讲座，同学们对《西游记》抱着极大的兴趣和热情。讲座过后，学校要求同学们都写一篇听后感，题目就叫作《听马叔叔讲西游记》，我儿子也和大家一样用了这个题目。

老师看完以后就对他说："你就别叫马叔叔了，题目就叫《听爸爸讲西游记的故事》吧！"同学们都被逗乐了。后来这篇作文还被评为了优秀作文，收录在一本叫作《小学生作文》的书里。

隔了几年之后，我到东北牡丹江的一所中学里去做演讲。结束之后就和同行的人们在学校的食堂吃饭，这时一个小女孩走过来对我说："叔

马洋和"猪八戒爸爸"

叔您好，我知道您的儿子叫马洋对不对？"我很好奇，问她是怎么知道的，她说她上小学的时候有一本书，书里有一篇范文就是马洋写的，她看过。

　　小女孩接着说："马叔叔，我可以和你合个影吗？"我欣然同意。

我与武生泰斗王金璐老师

那是 1992 年，这一年是猴年。中央电视台请来了武生泰斗——时年已经 74 岁高龄的王金璐老师参加国际频道举办的春节晚会，并让我和老师合作演出戏曲小品《欢乐的花果山》。王老师演戏曲风格的孙悟空，我演电视剧的猪八戒。

当时我们化好装后，正准备走台。王先生看见我："德华，来，咱爷俩说说。"

我们对了一遍词，在等候彩排的时候我和先生聊了起来。

我说："您这脸勾得真漂亮，有点像昆曲郝振基先生的脸谱。"

先生说："这是杨派的勾法，杨小楼演的猴戏，那真是齐天大圣。西太后常叫他'杨猴子'。今天我就按照杨派的风格演。今儿个咱爷俩还挺有意思，从化装到台上表演，我按戏曲演，你按电视剧演，成一棵菜儿，好，来！"

说着对他身边的一位日本朋友说："请您给我们爷儿俩照个相，留个纪念。"

于是我就和先生留下了一张珍贵的合影。

与著名京剧表演艺术家王金璐老师同台献艺。我激动地对他说："先生，您的脸勾得真漂亮！"先生说："这是杨派（杨小楼）的脸谱，今天我按杨派来演猴，你按新派（电视剧）来演八戒。"

北京
艺虹 四树

我的贤妻侯玉敏，把我从"大龄剩男"的队伍里解救了出来，还给我生了个大胖小子。一家三口，和和美美

了婚以后，要共同孝顺双方的老人，这是基本的人品。我之前相过几个女孩儿，有的接受不了我婚后还要和父母住，也有的不接受我把工资都给我妈，自己只拿两块零花钱，都不了了之了。第三，结婚之后得顾家，不能每天往外面跑。我的标准就这么多，但就是因为这三个要求，我一直单身到 28 岁，直到遇到我的爱人——侯玉敏。

现在回想起第一次在珠市口见我爱人的情景，我们当时好像并没有看对眼儿，我甚至还有一点儿反感她。当时的我怎么也没有想到，这个并不怎么合我眼缘的女人将会是陪我度过余生的那个人。

师娘替我做主了

"你好！我是侯玉敏。很高兴认识你。"她伸出手来微笑着对我说。

我当时脑子里想的是：又不是介绍工作，怎么这么正式啊！但一看这位姑娘还挺漂亮，就笑脸相迎地上前和她握了握手："您好，我是北京京剧团的马德华。"

之后我们简单地问了几个相亲必问的问题，还互相留了个电话，说以后联系。其实这次相亲就像是走了个过场，客气客气，毕竟不能拂了人家媒人的面子。虽然我们俩互留了电话，但是大概谁都没想过还会有下次联系。

果然，我俩见面之后的一段时间里，谁都没有主动联系对方，要不是我妈问我"你和前段时间见的那个姑娘怎么样了啊？有发展没？"，我可能都会忘了她这个人。

在那之后我又见过几个姑娘，可是都没结果。要说缘分这事儿可真是神奇，我俩竟然又被几个邻居介绍了好几次。这下我俩都有点儿信这个缘分了，就又约着见了一面。这一见，便成了我认准她的"历史会晤"。

这回我俩约在北京市人民政府步行街的花园那儿见面，她走过来，穿了一件卡其色连帽棉服，吸引了好多人的目光。当时的人基本都穿军大衣，很少有像她这样时尚的穿法。她戴了一双红色的手套，看着很高档洋气，我问她："你这个也是出口转内销的吧？"她说："对，我觉得很好看，而且很便宜。"我看她穿着时尚，想着她会不会觉得我太老土，不注重穿着。于是我便想考验她一下，故意把军大衣的扣子解开，露出我特意穿的一条有两个大补丁的旧裤子。她无意中看到了我裤子上的补丁，问我："你这补丁是谁给你补的啊？"我回答她："我妈帮我补的。"她说的下一句话真是出乎我的意料，让我立马改变了原先对她不好的看法，觉得她还挺靠谱的。她说："大妈这针线活可真好！到时候我一定得好好学学！"我明白，要是一个矫情做作的姑娘，一定说不出这样的话来。

我师娘，也就是谭元寿老师的夫人。谭元寿老师就是京剧《沙家浜》里郭建光的扮演者，是谭派第五代传人，他的夫人，我们学生辈的都管她叫师娘。师娘对待学生们特别亲，像家人一样，她也一直为我的婚事着急。之前她给我介绍过剧团里的姑娘，可是我怕到巡回演出的时候，我俩都得走，家里没人照料，所以不想找个同行。我和我爱人见了几面之后，我就带她先去了老师家里，让师娘把把关。她去了以后一直陪着师娘说话，还给我师娘倒水喝。把她送回家后，师娘跟我说："这姑娘真是不错，看着就好，挺文静，肯定是个老实人家的好闺女，未来是个贤妻良母。而且人家姑娘对我都这么好，对你爸你妈也错不了，肯定孝顺！你也别挑了，师娘给你做主，就她了！你可得珍惜啊！"我当时确实对她很有好感了，也不再扭捏，直接告诉师娘说："好嘞！师娘您放心！我一定好好把握！"

那个时候见上几面，双方都满意，就算谈了场恋爱，可以赶快定下来了。我觉得是时候见家长了，就把她带回家里去见了我的家人。我家里人对这个未来的儿媳妇是很重视的，为了欢迎她，我妈早早剁好了羊肉馅，等着她来的时候给她包饺子。

我带她进了家门之后，一家人打了招呼，她连坐都没坐，直接脱下大衣摘了手套就跟着我妈进了厨房。

　　"大妈，让我来吧！"她撸了撸袖子，洗了个手对我妈说。

　　我妈抬头看着她说："今天你是客人，怎么能让你干活呢？快出去坐会儿，我马上就包好！"

　　她对我妈笑了笑："大妈，没事，我在家里也干呢！"

　　我妈看着她手下麻利的动作，心里乐开了花。我妈悄悄在我耳边说："这姑娘，一看就是好姑娘！手里活干得麻利，是个快性人。你小子以后可就享福了！"

　　正如我师娘和我妈预料的那样，我们两个结了婚后，因为她的温柔贤惠、善解人意，我确实过得十分幸福。

大家见证下的爱情

　　我们结婚的时候没有房子，还是谭孝曾（谭元寿老师的儿子）的女朋友阎桂祥（著名京剧表演艺术家）把自己的房子借给我们结婚住着。我们把这间小屋粉刷了一下，用纸糊了一下顶棚，贴上喜字，把小屋装扮得又洁净又温馨。

　　婚礼那天，团里同事、邻居、我的朋友们，都早早地来到了我家，小屋子被人们占领，挤得水泄不通，连门口都挤满了人。谭富英爷爷，马长礼先生，人民艺术剧院的朱琳老师、刁光覃老师都来了。我们团有个青年演员付乃苏很有才，后来他去了香港，还做了一个《大话西游》的话剧。我结婚前他早就有了坏主意，瞒着我写了个山东快书的稿子，要我在结婚的时候出洋相，逼着我说说我俩的恋爱经过。

　　这真是打了我一个措手不及，我一听要说恋爱经过，就有些不好意

我在外面拍戏的时候，娘儿俩来剧组探班。无论我身在何处，他们娘儿俩永远是我的牵挂和力量源泉

思，说没什么恋爱经过，结果大家都不依不饶地起哄。付乃苏也得意扬扬地说："行了，老三（团里人都叫我老三），别不好意思了。你的鸳鸯板儿呢？拿出来给大家唱唱山东快书！"说着把写好的稿子拿给我，"今天你结婚了，给大家说说恋爱经过！自己家里，又没有外人！"

嗬！这是早有准备啊！

没办法，我就拿出我的鸳鸯板儿，照着那几页唱词儿唱了起来："说老三道老三，老三今天不简单，今天要娶新媳妇，等于一朵鲜花插在了牛粪蛋……"

把大家说得都乐了，整个屋子里起哄声此起彼伏，热闹非凡。

先结婚，后恋爱

1972 年 9 月 26 日，我和我的爱人侯玉敏结了婚。

就在我们结婚十年后，《西游记》剧组决定让我出演猪八戒这个角色。可正当我忙碌地为开机做着出发前的各种准备工作时，妻子却因为意外事故，腿受伤了。因为我妻子上班时乘坐公交车，司机一个急刹车，后排的一位胖女士整个身子砸在了我妻子的右腿上，造成十字韧带、内侧副韧带全部断裂。

我得知这个消息之后心里很矛盾，当时我下定了一个决心，如果妻子需要我，我宁可放弃这个角色。

杨洁导演也对剧组的其他人说过："猪八戒刚刚选定，'高小姐'却出事故了，估计咱们还得换人。"

但是我的妻子却十分通情达理，对我说："德华，你演戏这么长时间了，好不容易盼到这么一个角色。你不用考虑我，专心演好你的戏。"

我听完之后，感动得说不出话来。妻子叫来了她的妹妹照顾她，我这才放下心来。同时，我的一个朋友是北京先农坛体工大队的正骨名医，叫常捷。他跟我说："哥哥，你踏踏实实去拍戏，嫂子有我呢，我每天给她治疗，等你拍完戏，我保证嫂子活蹦乱跳的。"常捷也是我这一生中的贵人！

于是我对导演说："我妻子在家有人照顾，我依然可以跟着剧组出发。"

杨洁导演也很关心我妻子的伤势，带着全剧组的人到我家来探望。几天后，我便跟随着剧组到外地拍戏了。

到了新加坡，老猪也玩玩新玩意儿，给家里那位"高小姐"
打个电话

　　说不担心我妻子是假的。因为通讯不便利，我和妻子只能通过写信交流，她对我说她的伤势好得如何，家里发生了什么事，我给她讲剧组拍戏时的一些趣事，好让她放心。我们每天就这样给对方"汇报"各自的进展情况。

　　有一天晚上，她的信还没有来，我坐卧不宁，出来进去的。章金莱和我一个宿舍，见我这样，知道我没收着信，心里烦，便劝我说："可能是嫂子今天这封信投的时候，邮递员恰好走过了。你不用担心，没准明天会收到两封信。"虽然这样说，我心里还是像揣了一块石头。

　　等到第二天，我果真收到了两封信。章金莱打趣道："呆子，这封信要是不来，你一准就分行李散伙，回高老庄了。"

　　现在回忆起来，我俩那个时候才更像初谈恋爱时的情侣。

一个陌生的电话

　　有一次我在横店拍戏。忽然电话铃响，我一看是陌生号码，便没有接。

　　过了不大会儿工夫，这个号码又打来了，我怕是别人有急事找我，便接起电话："您哪位啊？"

　　对面传来的是一个女性的声音："马哥，你还记得我吗？"

　　我脑子一蒙："您到底是哪位？"

　　"你连我的声音都听不出来了？"

　　我有些生气："你有事说事，别找挨骂。"就把电话挂了。

　　我刚挂了电话，这个陌生电话又打来了，我怒不可遏，准备骂她一通，可刚把电话接起来，就听见对面女生哈哈直乐："马哥，我是侯老师的朋友，你的表现她很满意！"

电话那头，我听见妻子笑得像个小姑娘。

少来夫妻老来伴

我俩刚结婚的时候，我的爱人每天都要坐四十多分钟公交车从单位买菜回来，到家和我妈一起做饭。我爱人虽然小我三岁，但是办事儿方面却比我成熟，她做什么事儿我都放心。我们院儿的其他老太太都羡慕

我的爱人不仅是个好妻子，更是一个好儿媳。我因为工作的原因，没有办法天天守在母亲身边尽孝，妻子便承担起了家庭的全部责任

我妈有这么个顾家孝顺的好儿媳，我自己自然也因为她的沉着稳重感到骄傲得不得了。就这样，在柴米油盐酱醋茶的家庭生活中，我和我爱人之间的关系变得越来越好，我俩之间并不仅仅是互相适合的关系，而是变成了彼此真正的爱人。

再后来，我接了《西游记》这部电视剧，它的大获成功让我变得越来越忙，但是我们两个人的感情并没有变淡。我每次出差的时候基本没给自己买过什么东西，都是给爱人和孩子买礼物。我觉得夫妻相处之道，不在于做出什么惊天动地的大事，有的时候制造一些小小的浪漫或者感动，把家人时时刻刻放在心里，就会让夫妻之间的感情升温，让家庭更和谐。可是我的嘴藏不住话，总是在还没到日子的时候就把我准备的"惊喜"提前抖搂出来，经常被家人笑话。比如前段时间我在比利时给我爱人定制了一个一克拉的钻戒，打算等到她70岁生日的时候给她一个惊喜，可是我刚下了飞机见到我爱人，就把这事儿告诉她了，虽然惊喜没了，但感动还是在的。

其实在我心里，爱情并不需要有多么大的激情，像我们两个人之间的爱情就是相濡以沫、纯粹朴素的。虽然在生活中也难免会有小的争吵，但这都是正常现象，没有冲突就不叫夫妻俩。我们两人都选择相互忍让包容，这样才能让我们一起，并肩走到白头。

我的家风

父母永远是子女的老师和榜样。

我的父亲是一个典型的中国严父的形象，也是一个典型的山东庄户人。他虽然没怎么念过书，在我看来却深明大义。有句古语叫"礼失而求诸野"，可能就是讲每一个中国人身上流淌着的血液，都暗涌着中华文化的魂吧。

父亲外号叫"马能个儿"

我的父亲虽然对我严厉，但对旁人可好得很。他有个外号叫"马能个儿"（北京土话，意思同"马大能耐"），心灵手巧，手艺活称得上是一绝（在这一点上，我和我的儿子都继承了一些）。而且，我父亲十分热心，街坊邻里有什么为难的事情都找我父亲解决。

唐山大地震那年，大家都不敢在家里住了，只能在外面搭简易棚。我父亲搭的那个简易棚跟宫殿一样，下面用砖架起来，防止进水。上面搭上天棚，下雨不会漏水。门是一个拱门，里面该有的东西应有尽有。大家看我父亲手巧，便都来请我父亲帮忙，那段时间家里的事情他也顾不上了，每天都在为别人家的事情忙活。

宽容是最大的美德

我父亲在北京城里养了几只奶羊，我打小就是喝着羊初乳长大的。每次羊一下奶，我父亲就会分成若干份，打发我挨家挨户地去给邻居们送奶。

有一次，我和邻居家的一个同学因为一块橡皮发生了争执，还动了手。我习过武术，那个小孩自然不是我的对手，便哭着回去告诉他爸了。他爸出来不由分说，指着我鼻子就骂："你是不是认为你学了点武术就能随便欺负人了？"我父亲闻声也出来了，听了个大概，也把我臭骂一顿，我委屈得一下就哭了起来。

回到家后，我父亲才安慰我："行了，别哭了，我知道你委屈，这事你也占理。可你以后不能随便动手打架，否则别人会说你恃强凌弱。"

我当时还不太明白父亲的用心，长大后才明白，其实父亲是在教我武德。

没过几天，欺负我的这个同学的母亲给他生了个小弟弟。他父亲试探性地来找我父亲说："马大哥，孩子他母亲奶水不太好，您看您家的羊奶，能不能分给我们点？"

我父亲听了，没有片刻犹豫，当即说："行，没问题，明天让德华送你们家去。"

　　等他走了，我不大乐意地说："爸，我可不送。他儿子欺负我，还说我打他。"

　　"德华，你记住，街里街坊的，许他不仁，不许咱们不义。"

　　第二天我不情愿地给他们家送羊奶，他父亲连声道谢，还让他儿子为那天的事给我赔了不是。从此，我们两个小兄弟成了不错的朋友。

　　父亲的这份宽容我一直记到现在，也一直在琢磨，其实宽容是最大的美德，其中还包含着自己做事问心无愧的一种坦荡。

　　感谢我的父亲传给了我这么宝贵的一份精神遗产！

父亲的隐情

　　提起父亲，又要说到当年他坚决不同意我学戏这件事。有的读者肯定会想，我的父亲是不是太封建、太不民主了，差点耽误了孩子的大好前程。其实，父亲不让我学戏是有他的隐情的。

　　在封建社会，唱戏一行被归为"下九流"，实则是对这个行业的一种偏见。那时候把戏曲演员称为"伶仃"，叫白了就是戏子，专供达官贵胄、平民百姓消遣娱乐之用。不管艺术再好，在他们眼里，也充其量只是一个"玩意儿"，虽然离不开，但是打心眼里是瞧不起的。

　　甚至到我上了京剧院之后，还经常遭到外人的诋毁与嘲笑。有一次，我和我的一个师哥在公园里练功喊嗓子，就见一个和我们岁数差不多的孩子看了我们一眼，嘴里嘟嚷了一声"戏子"。这件事对我的影响非常大，心里一股子辛酸滋味说不出来，至今回想起来都不太好受。其实戏曲舞台上是有大乾坤的，里面汇聚了诗词乐舞、赋韵粜武，是中国传统文化的大融合。无声不歌、无动不舞自不用提，单是一个简单的亮相，讲究身体任何一个弯曲的部位都是圆的，而且这个弧度还得好看、耐看，从各个角度去看都是一个完美的雕塑作品。这么好的艺术竟被如此诋毁，艺术家们竟被如此瞧不起，我的心情可想而知。

实际上，这种观念也不是空穴来风。因为有很多演员是不拿这门艺术当回事的。比如在过去，天桥的艺人为了吸引观众，经常唱一些淫词艳曲。戏曲演员在舞台上为了达到现场火爆的效果，经常在台上"洒狗血"，用艺术之外的东西去迎合观众，所以才落下一个"戏子"的称谓。新中国成立后，像梅兰芳、侯宝林这些大师们做的首要的事就是提高演员们的地位。怎么提高？从自身提高。只有自己先瞧得起自己，别人才能瞧得起咱们。我一直铭记着这句话，也把这句话记录在我的自传中，算是一个老演员对后辈的一个希望吧！

除去这份偏见，还有一个因素，就是打戏。

过去科班里的老师讲究"不打不出角儿"，这份打可不是一般人能挨下来的。李万春先生曾经回忆过他学戏时候的经历：老师专门定做一个"量天尺"，身上有做错的地方，尺子就往身上招呼。即使做对了，还是照打不误，就为了告诉他下回还得这么做。练唱功的时候，字没咬清楚，或是跑调，老师就用吃饭的筷子在嘴里头搅弄，弄得满嘴是血，还得接着往下唱，说这是给他饭碗。

以上种种，都只是打戏中的九牛一毛，现在看来都是酷刑。我们经常开玩笑，戏班里的刑具可比老虎凳、辣椒水厉害多了。有实在挨不下来的学员，甚至还有轻生的，所以进科班的时候还得签"生死文书"。

这份生死文书内容可厉害，上写："马踩车压，寻河觅井，抛江倒海，若有不虞，生死系天数，与戏班无干。"等双方一按手印，孩子的命登时就成戏班的了。所以，在旧社会但凡有一点生计，父母都不会让子女到戏班学戏。

我虽然不赞成像旧社会那样的打戏，但是我依然赞同"严师出高徒"这种观念，可以用更科学的方法代替打戏嘛！细想原先的先生，跟孩子们远日无冤，近日无仇，有什么理由去这么毒打孩子呢？还不是秉承着"严师出高徒""要想人前显贵，必得人后受罪"的道理吗？有很多戏曲艺术家回忆起自己的恩师时，都说过同样的话："当时师父打少了。"

如果像现在这样，家长想让孩子去学戏，又不忍心让孩子受一丁半点的苦，毋庸置疑，是绝对出不了角儿的。

归根到底，父亲当年阻拦我学戏，完全是出于一位父亲对孩子的爱：一方面心疼我，怕我吃不了那份苦，受不起那份罪；另一方面，他用看似无情的"约法三章"告诉我：选择了一条路，就要坚定地走下去，日后就算遇到再大的艰难险阻，也决不能退缩，决不能半途而废！

家风的延续

做人不能贪小便宜

我在教育我的儿子马洋身上，也下足了功夫。

我从小到大是在我父亲的棍棒下长起来的。我不赞成体罚这样的教育方式，所以很少打过我的孩子。但是在一些原则问题上，我却容不得半点马虎。

马洋在上小学二年级的时候，有一次去文化部宿舍的同学家做作业，回来之后，手里拿了一个自行车上放的车灯。这个车灯做工精致，可以调光，得值个十来块钱，那个时候十块钱就挺贵的。我问他：

"你这个车灯是哪儿来的？"

马洋说是他捡的。我当时还不信："你和我说实话，到底是从哪儿捡的？说谎可不成。"

他说确实是捡的，在文化部宿舍放垃圾的那个地方捡的。

我怕他说瞎话，就叫他妈跟着他到同学家去问个明白，还把他的同学叫出来，三头对证。他的同学说，他们做完作业，在大院里面玩，他

跟"圣婴大王"过过招

儿子在《大战红孩儿》
一集中扮演小妖头目有
来有去

好个孝顺的儿子（右
三）！跟众妖一起，要
把老爸捆上准备蒸着吃

看见垃圾堆旁边有个灯，确实是人家扔的，他就捡起来了。

对完质后，我爱人便拉着马洋来到捡灯的那个地方，说："你把它放在那儿，原来在哪儿搁着还放到哪儿！以后外面的东西，不是自己的不许往家拿。再好的东西，再怎么喜欢，回来和你爸爸讲，我们去给你买。即使是人家扔掉的，也不许捡。养成这个习惯，记住没有？"

儿子点点头，说记住了。

现在马洋也小有成就了，每每提起这件事来，他还记忆犹新。因为我父亲从小就教导我，不能说瞎话，不能占小便宜。虽然教育方式有所不同，但传承的家风还是相同的。

保持好奇心，用笨办法做事

我今年已经 74 岁了，每当我说到自己的年龄，有很多人都不相信，说我活得年轻。俗话说：逢人减岁，遇物增加。听到这一番话我自然很是受用，不过我也确实有让自己年轻的秘诀——保持好奇心，用笨办法做事。

我从小到大就一直没让自己的好奇心停下来过，有时候遇到困难，我也会用一种乐观甚至自嘲的心态去面对。"九九八十一难"都过来了，还有什么坎儿过不来？天塌下来有个子高的人顶着，我怕什么啊？

在我 64 岁的时候，见大家都流行用手机发问候短信。有一天恰好是我一位老朋友的生日，我也想给他发个生日祝福的短信，可我这个手机没有手写功能，只能用汉语拼音。我们小时候又没学过拼音，根本不认识 A、B、C。怎么办呢？我就想出了一个笨办法——专门去书店买了一本新华字典，先把要发的话写在纸上，然后一个字一个字地查字典，看到字典上面每个字的注音，便把它抄写在纸上。全部抄写完后，我再拿出手机，在键盘上面一个一个地找到相应的拼音字母，把字一个一个地打出来。就这样，一条不过 40 个字的短信，我却足足用了 45 分钟。

这条短信发出去后，我心里那叫一个美，好像自己干了件多么了不起的事一样。结果还没等我美够 3 分钟呢，对方就给我回过一条短信来，我一看，人家打的字比我还多。唉！看来我还是得慢慢练啊！

后来我把那本字典保存了下来，每天坚持学习。现在我用拼音打字的能力提高多了。不仅如此，智能手机上的微信、QQ、支付宝等功能我都能信手拈来，也算是一个名副其实的"老潮人"了吧！

孔老夫子讲：知者不惑。其实我认为这个"知"字应该当求知欲讲。只有不断地保持好奇心，才能让人生不陷入一种迷茫困惑、无所事事的窘境。

不昧良心做事

我饰演猪八戒一角儿出了点小名，有很多商演、活动，甚至有人请我做广告代言人。

每逢遇到这种商业行为，我都十分谨慎。接代言的时候我一定要把产品了解清楚再做决定。有个化肥厂找我做代言，被我拒绝了。我想的是，我们祖上几辈都是农民，面朝黄土背朝天，都靠着土地生存。万一化肥质量不过关，我对不起庄户人。

还有一次，有一个著名的画家朋友来我家里做客。一进门就找我要笔墨纸砚。我当时还没有学书法，但我的朋友中不乏书画名家，因此文房四宝是必备的。我当时就拿了出来，画家朋友随即挥毫泼墨，又写又画，我满心高兴，以为是要送给我的。没想到他作完之后，落款要盖我的印章。我不解其意，忙问："您这是什么意思？"

画家朋友说："有个大老板想求你的墨宝。可你平时不写字，我只能出此下策了。"

我说："不行，这不是蒙人家吗？我练练再给人家写。"

他说："不行，来不及了。"

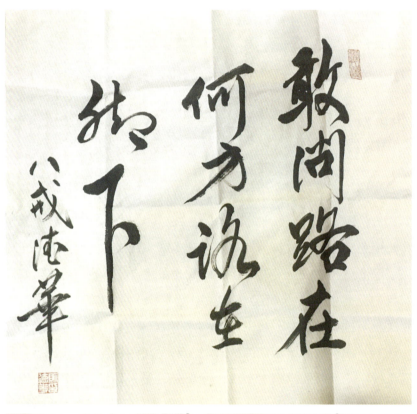

别怕来不及，从现在开始，永远都不算晚

　　我当即表态：坚决不行！不顾多年的交情，谢辞了那位画家朋友。人最忌活得心惊胆战，如果让我昧着良心做事，我宁可不做！

　　这位画家朋友也成了我的一位贵人，正是因为他的一句"来不及了"，反倒激励了我。我当时才五十多岁，尚未到六十，怎么就来不及了呢？

　　练！没有做不成的事！

　　后来，《西游记》中女儿国国王的扮演者朱琳听说我在练习书法，便给我引见了著名的书法家胡斌。以前我是寻师无门，现在有了高人指点，越发地爱上了书画这门艺术。

革命人永远是年轻

这个标题可能有些"out"了，但我所要表达的意思，说白了就是好奇心和苦功夫。

我爱上书法至今已有十几年光景，这十几年间我坚持每天练习书法，略有小成。我相信，任何事情只要有锲而不舍的精神，就一定会有所回报。这正印证了我父亲的格言：功夫不亏人。

刚开始学习书法的时候，我买了很多字帖，从临摹开始，像一个小学生那样从横平竖直开始练起。虽没有铁砚磨穿的劲头，但好几次也算是废寝忘食了。爱人有时候心疼我，劝我多休息会儿，但我一练上字，就真的忘了吃饭。久而久之，爱人也支持我练习书画，和我一起分享这书画带来的乐趣了。

其实我觉得写得好坏、画得好坏无所谓，主要是为了心情愉悦，修身养性。

有一天，我画了一只工笔的翠鸟，画得胖了一些。我爱人看了以后说："你画的这是什么啊？"

我说："这是一只翠鸟。"

"我看不像，倒是像个气球。"

"你是不是嫌它胖啊？这是马德华画的翠鸟，什么样的人，画什么样的鸟。行，我再给你注上点。"

说罢，我在画旁批了一行字："此翠鸟急需减肥了！"

写完之后，她乐了，我也笑了。

我觉得年龄只是个数字而已，少来快乐即简单，老来简单即快乐。

过去有一首歌，叫《革命人永远是年轻》，我觉得现在要是唱起这首歌来更有感触，我永远要保持一颗青春向上的心！

朋友眼中的马德华

德华在剧中是我的徒弟，在生活中则是我的老兄、知己。还记得当时扮演唐僧的时候，我需要把头发刮掉，但是刮头发太疼，德华兄便想出一个主意，他帮我把下面的头发刮掉，上面的不刮，这样戴上宝冠一点也看不出来。我倒是少受了一点罪，但是却落下个"锅盔和尚"的绰号。生活中我们相处得也非常好，我经常去他家，最喜欢吃他煮的面。

五十知天命，德华兄到了七十，知天知地知自己，我觉得这本书一定蕴含了他自己对于生活的感悟、对艺术的追求。希望德华兄的书大卖！

——《西游记》唐僧扮演者　汪粤

我跟德华老兄认识的时间很长，算来已经有 50 年了。《西游记》这部电视剧的拍摄过程非常艰苦，德华吃了不少苦，受了许多罪，但是这些苦没有白吃，罪没有白受。他把猪八戒这个形象刻画得活灵活现、有血有肉，让人百看不厌，非常喜欢，这是他的成功之处，也体现了师徒四人的精诚合作，体现了杨洁导演对于演员的严格要求，体现了剧组所有工作人员的共同努力。如今，德华虽然已经年届七旬，但是他对艺

术的追求仍然孜孜不倦。祝愿德华的自传早日与读者见面，让《西游记》
的精神传承下去，发扬光大。

———《西游记》续集沙僧扮演者 刘大刚

　　我与马老师在戏里是搭档，我演他的媳妇——高小姐。我们在拍戏
的过程中合作非常愉快，经常在一起商量具体动作的处理，怎样把孙悟
空戏弄猪八戒的情节表现得既生活化又夸张。马老师是有着多年舞台经
验的老演员，他在昆曲舞台上塑造过很多艺术形象，所以他的舞台经验
积累很深厚，他把戏曲舞台上的经验成功地融合到电视剧的生活化表演
中，取得了很好的效果。马老师本人的性格很有意思，有点小孩脾气，
但心地非常善良，这一点也非常符合猪八戒的脾气性格。人们都说"嫁
人要嫁猪八戒"，这也说明了广大观众对于猪八戒的喜爱。预祝马老师
的自传出版发行成功！

———《西游记》高小姐扮演者 魏慧丽

　　《西游记》拍摄过程中，演员们都非常不容易。尤其是金莱和德华，
他们的人物造型需要戴着面具，只露两个眼睛一个下巴，非常辛苦。由
于那个时候条件有限，拍戏过程中经常出危险，德华就曾经因为钢丝折
了从高处掉了下来，摔得不轻。但那个时候每个演员都是这样，只要还
能动，没有骨折，就会坚持接着拍下去。《西游记》拍了6年，是需要
相当大的毅力的。在今天很难再找到这样的演员了。他们能够坚持下来，
就是怀着一种一定要把角色塑造好的信念。这种精神是值得敬佩的，是
值得当下的年轻人学习的。

———《西游记》副导演 荀皓

我与马德华老师既是同行，又是多年的老朋友。我们俩是当年一起走穴的"穴友"，又是一起旅行、采风、摄影的"旅友"，后来，又成了一起研习书法的书友。但是，不管做什么，他总是最勤奋、最努力、最用功的。我觉得可以用"艺不压身""厚积薄发"来形容他。

——《西游记》女儿国国王扮演者 朱琳

德华在塑造猪八戒这个人物的时候确实下了很多功夫，他把猪八戒那种憨厚、贪吃、善良的形象演得活灵活现。由于他出身于戏曲界，所以他身上的武术功底很扎实，这对于他在拍摄猪八戒的武打戏的时候有很大帮助。演员要不断总结自己，才能不断丰富自己，不断提高自己。所以，我认为德华出版自传是一件非常有意义的事。祝贺他！

——《西游记》如来佛祖扮演者 朱龙广

我与德华相识于《西游记》剧组，当年我在剧组做场记。德华给我的印象是演戏非常认真，不辞辛苦，最终他也没有辜负杨洁导演的信任，出色地完成了猪八戒的塑造。生活中德华是个特别热心的人。我还记得有一次我不慎摔伤，伤得特别严重，德华听说后第二天一大早就赶过来，陪我到北医三院运动医学系，帮我把住院手续全都办好后才离开。一晃38年过去了，我们还是很好的朋友，这份友谊是经过时间检验的。

——著名演员 李成儒

我与马德华老师每次接触都是在舞台上，马老师对艺术非常认真负责，每次演出从服装到道具，从来不会马马虎虎。马老师做人真诚，为人低调，有着一颗善良的心。猪八戒这个形象又懒，又馋，又贪，又胆小，又好色，虽然一身毛病，但是被他演绎得非常可爱，令观众印象深刻。

——著名歌唱家 蒋大为

祝贺马德华大哥自传发行取得圆满成功！

——《西游记》小白龙扮演者 王伯昭

生活中第一次见到马德华老师，着实让我吃了一惊。那之前他已经是家喻户晓的"猪八戒"了，我以为他会有点脾气，有点架子，讲点排场。然而，让我"失望"了，这些他一个都没有，取而代之的是随和，温和，平和。

马老师随和，这是所有和他合作过的人的第一感觉。他每次到了录制现场，都是先倾听我们的节目安排，最常说的一句话就是："行，都行！"有时候录制到中午一两点了，编导不知道情况，准备的不是回民餐，马老师一点不生气，笑呵呵地说："没事，我回家吃！"

马老师温和，对待每一个人，尤其是最普通的工作人员，不管是谁来找他拍照或者让他签字，他都尽量满足人家。有一次，我们录制节目，时间通知错了，马老师来了足足在化妆间等了两个多小时，我都担心老爷子生气，没想到，他一句抱怨都没有。

最让我喜欢的是马老师的平和，按说他老人家20世纪80年代就已经家喻户晓了，有点明星架子也能理解。可是这"猪八戒"还一直是老样子，厚厚道道，不争不抢，对名利没啥兴致。

马老师有才，大家可别觉得猪八戒好演，那是需要多年积淀的。我一直觉得我戏曲功底还不错，可有一次在舞台上，比我大十几岁的马老师现场"倒立"，直接把我拍在了沙滩上。

我搭档王芳经常在节目中开我玩笑，说我背面看是刘德华，正面一看原来是马德华。其实在我心中，我希望我哪一面都像大哥马德华！

虽然他饰演的是猪八戒，却有孙悟空的本领；

虽然他饰演的是猪八戒，却有沙和尚的厚道；

虽然他饰演的是猪八戒，内心却有唐僧的平和善良。

有信仰，有原则，有担当，在我心里他永远是大哥，是文艺界的楷模。

——著名导演、主持人　王为念

德华跟我是邻居，我们从小一起长大。我的父亲当时是北京体育协会副主席兼武术学校校长，德华的父亲便请我的父亲收德华为徒，教他练武术。我们俩都很痴迷于京戏，便一起报名考取了中国京剧院。后来，他成功扮演了《西游记》里的猪八戒，成为家喻户晓的大明星，我为他感到骄傲。他为人很低调，没有一点明星的架子，这么多年以来，我们一直都是非常好的朋友。在此新书出版之际，祝愿德华新书大卖！

——著名书画家　刘方亭

马德华老师是我的好朋友，我们认识已经有30年了。我们经常同台演出，还一起合作演唱过《夫妻双双把家还》。他在舞台上的表演认认真真，不管是唱、说、跳，样样都很擅长，非常受人尊敬。他在生活当中非常低调，平易近人，是我们敬仰的老师，也是亲密的战友。

——著名歌唱家　卞小贞

德华兄在我们的心目中是一位德高望重、德艺双馨的老艺术家，他所塑造的猪八戒形象堪称经典。更让我吃惊的是，猪八戒居然还会跳小天鹅，他扮上猪八戒的扮相，居然把小天鹅演绎得活灵活现。台上一分钟，台下十年功，可见老艺术家的造诣之深。近几年来，德华兄依然活跃在文艺战线和公益领域。听说他要出版自传，我们都非常为他高兴，希望这样一本凝结了他一生的坎坷经历的传记，能够给读者朋友带来启迪。

——著名主持人 张悦

祝贺马德华老师新书上市大卖，特卖！

——著名演员 于月仙

图书在版编目（CIP）数据

悟能 / 马德华著 .— 武汉：长江文艺出版社，
2019.1
ISBN 978-7-5702-0794-7

I.①悟… II.①马… III.①随笔 – 作品集 – 中国 –
当代 IV.① I267.1

中国版本图书馆 CIP 数据核字 (2018) 第 298823 号

悟能

马德华　著

选题产品策划生产机构 | 北京长江新世纪文化传媒有限公司
总 策 划 | 金丽红　黎　波　安波舜
特约主编 | 王曦泽　苏之恒　　　责任编辑 | 王赛男　　　　项目统筹 | 田　宇
封面设计 | 郭　璐　　　　　　　内文制作 | 张景莹　　　责任印制 | 张志杰　王会利
媒体运营 | 洪振宇　　　　　　　版权代理 | 何　红　　　法律顾问 | 张艳萍
总 发 行 | 北京长江新世纪文化传媒有限公司
电　　话 | 010-58678881　　　　　　传　　真 | 010-58677346
地　　址 | 北京市朝阳区曙光西里甲 6 号时间国际大厦 A 座 1905 室　　　邮　　编 | 100028

出　　版 | 长江出版传媒 长江文艺出版社
地　　址 | 湖北省武汉市雄楚大街 268 号湖北出版文化城 B 座 9–11 楼　　　邮　　编 | 430070
印　　刷 | 天津盛辉印刷有限公司
开　　本 | 710 毫米 ×1000 毫米　1/16　　　　　印　　张 | 15.75
版　　次 | 2019 年 1 月第 1 版　　　　　　　　印　　次 | 2019 年 1 月第 1 次印刷
字　　数 | 180 千字
定　　价 | 58.00 元

盗版必究（举报电话：010-58678881）
（图书如出现印装质量问题，请与选题产品策划生产机构联系调换）